हिन्द पॉकेट बुक्स

जलावतन

अमृता प्रीतम पंजाबी के सबसे लोकप्रिय लेखकों में से एक थी। अमृता प्रीतम का जन्म 1919 में गुजरांवाला पंजाब (भारत) में हुआ। उनका बचपन लाहौर में बीता और शिक्षा भी वहीं हुई। किशोरावस्था से उन्होंने लिखना शुरू किया। उन्होंने सौ से अधिक कविताओं की पुस्तकें लिखी, साथ ही फिक्शन, बायोग्राफी, आलेख और आटोबायोग्राफी लिखकर साहित्य में नया मुकाम हासिल किया। इनकी तमाम पुस्तकों का कई भारतीय भाषाओं सहित विदेशी भाषाओं में भी अनुवाद हुआ। अमृता प्रीतम पहली महिला लेखिका हैं, जिन्हें 1956 में साहित्य अकादमी पुरस्कार मिला। 1982 में उन्हें *काग़ज़ ते कैनवास* के लिए ज्ञानपीठ पुरस्कार मिला। 2004 में पद्मविभूषण भी प्रदान किया गया।

जलावतन

लोकप्रिय लेखिका का अत्यंत रोचक
उपन्यास और चुनी हुई कहानियां

अमृता प्रीतम

हिन्द पॉकेट बुक्स
पेंगुइन रैंडम हाउस इम्प्रिंट

हिन्द पॉकेट बुक्स

यूएसए। कनाडा। यूके। आयरलैंड। ऑस्ट्रेलिया। सिंगापुर
न्यू ज़ीलैंड। भारत। दक्षिण अफ्रीका। चीन

हिन्द पॉकेट बुक्स, पेंगुइन रैंडम हाउस ग्रुप ऑफ़ कम्पनीज़ का हिस्सा है,
जिसका पता global.penguinrandomhouse.com पर मिलेगा

पेंगुइन रैंडम हाउस इंडिया प्रा. लि.,
चौथी मंजिल, कैपिटल टावर -1, एम जी रोड,
गुड़गांव 122 002, हरियाणा, भारत

पेंगुइन
रैंडम हाउस
इंडिया

प्रथम हिन्दी संस्करण हिन्द पॉकेट बुक्स द्वारा 1968 में प्रकाशित
यह हिन्दी संस्करण हिन्द पॉकेट बुक्स में पेंगुइन रैंडम हाउस द्वारा 2022 में प्रकाशित

10 9 8 7 6 5 4 3 2

ISBN 9789353496739

मुद्रकः रेप्रो इंडिया लिमिटेड

www.penguin.co.in

MIX
Paper from responsible sources
FSC® C047271
FSC www.fsc.org

This is a legitimate digitally printed version of the book and therefore might not have certain extra finishing on the cover.

उपन्यास

कहानियां

जलावतन

ज़िन्दगी की सुबह से ज़िन्दगी की शाम तक

•

पहला पहर

सुबह का पहला पहर रोज़ मेरे हाथ में एक कुदाल-सी पकड़ा देता है, और मैं इस कुदाल से अपने-आपकी खुदाई करने लग जाता हूं...

इस वक्त भी मेरे हाथ मिट्टी से सने हुए हैं। रोज़ सन जाते है...

सने हुए हाथों से लोग इस धरती में से हुई बीती सभ्यता के निशान खोजते हैं, पत्थरों के बर्तन, चांदी के सिक्के, मिट्टी की मूर्तियां...

और या आने वाली सभ्यता के निशान खोजते हैं यानी सोने, की खानें या तेल के सोते...

पर मैं अपने-आपकी खुदाई में से न भूत ढूंढ़ रहा हूं, न भविष्य, मैं सिर्फ अपना वर्तमान ढूंढ़ रहा हूं—जो बाहर होता हुआ भी बाहर नहीं। सोचता हूं, शायद यह मेरे अन्दर होगा...

पिछले साल तक सब कुछ बाहर लगता था—मुझे भी लगता था और पापाजी को भी। जब एम०एस-सी० करने लगा था, पापाजी ने

अपना भविष्य भी मेरे भविष्य के साथ जोड़कर बहुत कुछ सोचना शुरू कर दिया था...

उनका सोचना अब भी जारी है...यह तो सिर्फ मेरा रुक गया है...

शायद वर्तमान एक खाई बन गया है, मैं किसी ख्याल को जो परे तक ले जाने लगता हूं तो यह इधर इस खाई में गिर पड़ता है...

पर शायद वर्तमान खाई नहीं। खाई कोई और चीज़ है और वर्तमान सिर्फ उसके बीच गिर गया है...

एम०एस-सी० तकरीबन कर चुका हूं, कल आखिरी पेपर था। थोड़े-से दिनों में उसकी सनद मिल जाएगी, पर इस सनद को अगर मैं बैटरी की तरह भी जला लूं तो भी यह मेरा वर्तमान ढूंढ़कर नहीं दे सकती...

यह कब खो गया था, कहां खो गया था, कुछ पता नहीं..."

मुझे पिछले साल उस दिन तक याद है,जब मेरे होस्टल के चार दोस्तों ने मेरे कमरे में आकर मेरे हाथ से किताब छीनकर मेरे ऊपर एक हमला-सा कर दिया था...

"मैं केवल उर्फ कालिदास आज किसी मेघ का नहीं, रम का दूत बनकर आया हूं, उठो दोस्त! आज ड्राई वेल पार्टी होगी।" केवल ने कहा था, और मेरी मेज़ पर पड़ा हुआ सिगरेट का पैकेट उठाकर अपनी जेब में डाल लिया था।

मेरे पल्ले कुछ नहीं पड़ा। नलिन ने मुस्कराकर कहा, "लड़का है या हुक्के का पानी? तुझे यह भी पता नहीं, ड्राई वेल पार्टी क्या होती है?" इस नलिन को सब दोस्त 'हेयर ऑफ हेनरी मिलर[1] बुलाते हैं। जावेद, जिसे सब शैले लखनवी कहते हैं, वह मेरे हाथ पकड़े हुए सिगरेट को पीता और उसकी राख मेरे ऊपर झाड़कर शे'र पढ़ने लगा था, "एक सिगरेट से लेकर एक इश्क तक हर चीज़ अमल है, सिर्फ यह बात अलग है कि कइयों को एक ही ब्रैंड चाहिए..."

---

1. हेनरी मिलर का वारिस

मैं अपने बालों में से सिगरेट की राख झाड़ने लगा था, और जावेद ने शे'र पूरा करते हुए कहा था, "एक ही ब्रैंड की अकीदत आशिक होने की निशानी है।"

चौथा, रावल, न होस्टल में रहता है न कालेज में पढ़ता है, पर अपने घरवालों के लिए वह कालेज में भी पढ़ता है और होस्टल में भी रहता है—अपने-आपको 'रोड स्कालर' कहता है, वह मेरे कान को धीरे से मरोड़कर कहने लगा था, "मिस्टर आउट आफ डेट! उठो, जल्दी करो। रम को बोतल की कैद से जल्दी छुड़ाना चाहिए..."

'ड्राई वेल पार्टी' का भेद मुझे होस्टल से एक मील दूर एक वीरान जगह पर एक सूखे हुए कुएं पर जाकर पता लगा था। कुएं की चरखी से रस्सी बांधकर, रस्सी के एक सिरे से एक बड़ी सारी बाल्टी बांध दी थी। इस बाल्टी में बारी-बारी एक-एक जना बैठ जाता था और कुएं में उतर जाता था।

लड़कियों के होस्टल में से पांच लड़कियां भी आई हुई थीं, सबके नाम याद नहीं—एक, जो बहुत बातें करती थी, उसे सब 'मिस स्टेटमैण्ट' कहते थे। एक, जो बहुत चुप थी, उसे 'मिस मिस्ट्री' कहते थे। एक का कद छोटा था, उसे 'मिस शार्ट, शार्ट स्टोरी' कह रहे थे। और एक, जो हर बात में दखल दे रही थी, उसका नाम 'मिस क्रिटिसिज्म' था। पांचवीं तरीज़ा थी। उसके लिए उन्होंने मुझसे पूछा कि उसका क्या नाम होना चाहिए। मैंने उस वक्त कुछ कहना था, कह दिया था, "पोएम इन मेकिंग!"[1]

हम सब एक ही बार कुएं में नहीं जा सकते थे, दो जनों को बारी-बारी बाहर ठहरना पड़ता था—चरखी की रस्सी खींचकर अन्दर जाने वालों को बाहर निकालने के लिए।

पहली बार मैं और तरीज़ा बाहर रहे थे। बाकी सबको रम पीने की जल्दी थी। जावेद उर्फ शैले लखनवी ने कुएं में उतरते हुए रम की बन्द बोतल

---

1. रची जा रही कविता

को सूंघकर और झूमकर कहा था, "गंगाजल से लेकर वोडका तक, यह सफरनामा है मेरी प्यास का..."

नलिन, जो हेनरी मिलर का वारिस था, उसने जावेद की क़मीज़ का कालर खींचकर कहा था, "शैले लखनवी के बच्चे! रम को हाथ में पकड़कर वोडका का शे'र पढ़ता है? यह सरासर रम की इन्सल्ट है। शे'र जोड़ना है तो रम का जोड़—"

शैले लखनवी को कहने के लिए कुछ न सूझा तो केवल 'कालिदास ने उसके कालर को छुड़ाते हुए कहा था—"अरे, रम क्या और वोडका क्या—अंडर द क्लाथ्स वी आर मेड इन इण्डिया!"

और फिर कुएं में उतरकर वह इस पंक्ति को गाने लगा था, "अंडर द क्लाथ्स..." बाकी के भी सब उसके साथ गा रहे थे, "वी आर मेड इन इण्डिया..." आवाज़ों से कुआं भरा-सा लग रहा था। फिर कुएं में रिकार्ड प्लेअर बजने लगा था। सारे डांस कर रहे थे। मैं कुएं की मेंड के पास खड़ा सिगरेट पी रहा था...रिकार्ड प्लेअर में से उस वक्त आवाज़ आ रही थी, "आई हेव कन्फीडेन्स इन सनशाइन।"

मेरे पास खड़ी हुई तरीज़ा ने मेरी तरफ मुड़कर पता नहीं क्यों पूछा था, "मिस्टर मलिक! आप एम० एस-सी० के बाद क्या करोगे?"

—चाहे यह मेरा एम० एस-सी० का फाइनल साल शुरू हुआ था, पर मैंने और जो कुछ सोचना था, अगले साल सोचना था, मुझे उस वक्त तक यह पता ज़रूर था कि यह मेरी उम्र, मेरे सपने, मेरे पास हैं, मेरे सामने...मैं कुछ भी कर सकता हूँ... मुस्कराकर कहा था, "कुछ भी कर लूंगा..."

पर यह पिछले साल की बात है...सूरज अब भी उगता है, पर सूरज की धूप में यकीन करने वाला—मेरे अन्दर का कुछ—अब न सूरज की धूप में यकीन कर सकता है, न बादलों की छांव में...

इस कुछ को मैं एक पात्र की गीली और गर्म आंख से नहीं, एक दर्शक

की सूखी और ठंडी आंख से देखना चाहता हूं—पर अभी तक नहीं पता चलता कि इस 'कुछ' ने किस वक्त मेरी आंख बचाकर अपना जन्म बदल लिया था—यह जो कुछ इसने बदला है, यह चोले की तरह नहीं, सचमुच एक जन्म की तरह है...

मुझे याद है—उस दिन चाहे मैं कुएं की मेंड के पास चुप खड़ा था, पर मेरे और तरीज़ा के दरमियान यह चुप किसी तरह भी भारी नहीं थी—यह धीमे से, हवा की तरह सरक रही थी।

तरीज़ा की जगह होकर मैं कुछ नहीं कह सकता, पर अपनी जगह यह ज़रूर कह सकता हूं कि खामोशी की सरकती हवा में से मैं उस तरह ही ताज़ा सांस ले रहा था—जिस तरह कोई भी एक बेलगाव और सेहतमन्द आदमी ले सकता है।

तरीज़ा ने किसी तरह भी मेरी सांसों में कोई सेक नहीं मिलाया था—यह मेरी अडोलता तरीज़ा की जवानी और तरीज़ा के हुस्न की कोई कम्प्लीमैंट देने से इन्कार नहीं था—तरीजा की जगह दुनिया की कोई लड़की होती, मेरा ख्याल है, उस वक्त मैं उस तरह ही होना था, जैसे था। उस वक्त तक लड़कियां नहीं, किताबें मेरे में कुछ हिला सकती थीं—उस वक्त तक शायद किताबें मेरा आपोज़िट सेक्स थीं।

केवल, कालिदास और मिस स्टेटमैंट कुएं से बाहर आ गए, और अपनी जगह उन्होंने मुझे और तरीज़ा को कुएं में भेज दिया। कुआं पानी की जगह आवाज़ों से भरा लगता था—मुझे अपना आप,जाने क्यों, वहां डूबता-सा लगा। जेब में हाथ डाला, एक सिगरेट खोजने लगा—उस वक्त एक सिगरेट की ज़रूरत जैसे कुएं में लटकती उस रस्सी की तरह थी, जिसे डूबते समय कोई थाम ले।

जेब में कोई सिगरेट नहीं था। केवल मेरे कमरे से मेरा पैकेट उठा लाया था, और शायद कोई सिगरेट अब भी उसमें बचा हुआ था, पर वह पैकेट केवल की जेब में था, और केवल उस वक्त कुएं से बाहर मेंड पर

खड़ा हुआ था।...जावेद ने मेरी सिगरेट टटोलती उंगलियों में एक सिगरेट थमा दिया और अपने लखनवी अन्दाज़ में कहने लगा, "इस समय रीजेंट नहीं हज़ूर, जो सामने आया है, पी लो!"

मैंने सिगरेट सुलगा लिया था, पर मेरे गले ने इस नई और अजनबी महक को कबूल नहीं किया था। जावेद ने देख लिया था, और मेरे कान के पास होकर कहा था, "यही आसार होते हैं किसी आशिक की आई मरने के। मैंने तुम्हें आज बताया था कि एक ब्रड की अकीदत आशिक होने की निशानी है ..." और फिर जावेद ने जाने क्यों एक बार तरीजा की ओर देखकर दोबारा मेरी ओर देखा था—ऐसे, जैसे अपनी पलकों से उसके चेहरे की कुछ नरमाई उठाकर उसने मेरी आंखों में डाल देनी चाही थी।

मुझे जावेद पर एक गुस्सा आ गया था और तरीज़ा से एक शर्मिन्दगी। मैंने दोनों की तरफ से मुंह फेर लिया था।

रिकार्ड बज रहा था, 'डार्क मून ओ अप इन द स्काई, टेल भी वाई... टेल मी वाई—आई हेव लॉस्ट माई लव..." मिस क्रिटिसिज्म ने तरीज़ा का हाथ मेरे हाथ में देकर हम दोनों को अपने नाच में शामिल करना चाहा था। मैंने तरीज़ा का हाथ पकड़ 'लिया था, पर गीत की लय के साथ लचकती तरीज़ा के कान में धीरे से कहा था, "मून इज द सिम्बल ऑफ नान बीइंग।"[1] तरीज़ा हंस पड़ी थी, "अच्छा फिलासफर साहब!" और मैंने जावेद की डाली हुई खामखाह की झिझक को उतारने के लिए तरीज़ा के सिर पर एक हल्की-सी चपत लगाई, "तुझे यह सिली सांग्ज़ अच्छे लगते हैं? तू अभी बिल्कुल छोटी-सी बच्ची है..."

कुएं से बाहर आने की अभी मेरी बारी नहीं आई थी, पर रम का और जावेद के दिए हुए सिगरेट का जायका मेरी छाती में नहीं उतर रहा था। मैं बाहर आ गया। तरीज़ा ने भी बाहर आना चाहा, मैंने इन्कार नहीं किया।

---

1. चांद अनस्तित्त्व का प्रतीक है।

बाहर कुएं की मेंड पर खड़ा हुआ केवल मेरे पैकेट का आखिरी सिगरेट पी रहा था। मैंने दूर तक नज़र दौड़ाई, सिगरेट की कोई दुकान नज़र नहीं आ रही थी—कोई छोटी-सी दुकान होती भी तो वहां से रीजेंट नहीं मिल सकता था।

तरीज़ा होस्टल की लड़की नहीं थी, डेस्कालर थी। बाकी लड़कियों से वह इकरार लेकर आई थी कि वे अंधेरा होने से पहले उसे घर पहुंचा देंगी। मैं सिगरेट की तलाश में जाने लगा, तो मिस स्टेटमैंट ने मुझे कहा कि मैं तरीज़ा को रास्ते में घर छोड़ता जाऊं। सिगरेट की कोई बड़ी दुकान नज़दीक नहीं थी, पर तरीज़ा का घर दूर नहीं था। तरीज़ा से रास्ता पूछकर मैं उसे उसके घर ले गया।

"मिस्टर मलिक, आप दो मिनट मेरे साथ अन्दर आ जाइए—हमारी कोठी की ऊपरी मंजिल में जो हमारे किरायेदार रहते हैं मिस्टर पटेल, मेरा ख्याल है, वह रीजेंट सिगरेट पीते हैं—आप एक मिनट बैठना, मैं उनसे एक सिगरेट मांग लाऊंगी।" तरीज़ा ने कहा था, और मैंने जवाब में कहा था—नानसेन्स! पर तरीज़ा के चेहरे पर एक छाया फिर गई थी—जैसे मैंने उसकी कोई चीज़ नाकबूल कर उसकी हतक कर दी थी।

कोई पल जाने कैसे होते हैं, ठंडे चाकू की तरह इन्सान की ज़िन्दगी को काटकर दो टुकड़ों में कर देते हैं।...

तरीज़ा ने अपने घर के ड्राइंगरूम का पर्दा सरकाया, मुझे अन्दर जाने का इशारा किया, और खुद पीछे चली गई—शायद ऊपरी मंज़िल में रहने वाले मिस्टर पटेल से मेरे लिए एक सिगरेट मांगने।

कमरे में हरे रंग की हल्की-सी रोशनी थी, खिड़कियों के आगे मोटे पर्दे लटके हुए थे, इसलिए कमरा बाहरी रोशनी से नहीं, भीतरी रोशनी से जग रहा था—जग रहा नहीं, सुलग रहा था।

कमरे के जिस कोने में हरे शेड वाला लैम्प था, वहां रोशनी गाढ़ी-सी होकर पड़ रही थी—बाकी कमरे की सब दीवारों पर वह रोशनी सिर्फ पुती

हुई लगती थी—हल्की-सी, जैसे किसीने दीवारों पर रोशनी की सिर्फ एक कूची फेरी हो।

कमरे में दो बुत थे—एक मर्द का, एक औरत का। मर्दाने बुत की उपमा के लिए मुझे जल्दी से एक लफ्ज़ सूझ आया था—'रोमन फिगर, पर दूसरे बुत के लिए कुछ नहीं सूझ रहा था।

बहुत छोटा था, जब मां से कोई कहानी सुनते हुए कोहकाफ की परी की बात सुनी थी, पर परी लफ्ज़ के साथ मेरी बाल यादों में पंख लफ्ज़ भी जुड़ा हुआ था, क्योंकि कहानी की परी अपने पंखों से उड़ती थी, कमरे में बुत की तरह बैठती नहीं थी। इसलिए मेरा ख्याल है, मैं दूसरे बुत को देखकर उस वक्त उसके साथ 'कोहकाफ की परी' लफ्ज़ नहीं जोड़ सकता था। और कोई इससे अलहदा और बडा लफ्ज़ मेरी यादों के साथ जुड़ा हुआ नहीं था।

सुना हुआ था कि तरीज़ा किसी रईस बाप की बेटी थी—तरीज़ा के मरहूम बाप की शोहरत अमीरी के लिहाज़ से सुनी हुई थी, पर उसके किसी हुनरी शौक के लिहाज़ से नहीं। हैरान था—ऐसे बुत बनवाने के लिए उसने कोई बुत-तराश कहां से पाया होगा।

दोनों बुत एक-से हसीन थे, सिर्फ एक फर्क था—मर्द का बुत सफेद सिल्की मिट्टी से बना दिख रहा था, और औरत का टसरी रंग की मिट्टी का बना हुआ था—इन्सान के बिल्कुल कुदरती मांस वाले रंग का।

कुछ हिला—मेरी आंखों के सामने कमरे में; पर मुझे लगा कि यह मेरी आंखों में पड़ा हुआ अचम्भा था, जो आंखों से बाहर नहीं, आंखों के भीतर हिल रहा था, बाहर सिर्फ उसका साया था।

पर अजीब बात थी कि साया सिर्फ एक बुत पर इकट्ठा हो गया था—औरत के बुत पर। क्योंकि सिर्फ औरत का बुत हिल रहा था। मर्द का बुत उसी तरह अडोल था।

मेरे हाथों को कुछ छुअन-सी महसूस हुई—मैं शायद कुछ चौंक गया था—देखा, मेरे पास खड़ी तरीज़ा हंस दी थी। वह एक सिगरेट मेरे हाथ में

पकड़ा रही थी।

और फिर तरीज़ा की आवाज़ आई, "ममी! यह मेरे कालेज में पढ़ते हैं, मिस्टर मलिक...हम एक पिकनिक पर गए थे..."

तरीजा उस तरफ देखकर कह रही थी, जो अभी मेरी आंखों के सामने मेरे ख्याल से एक बुत था...।

मैंने शायद हाथ जोड़े थे या सिर्फ सिर झुकाया था, मुझे याद नहीं। शायद मैंने कुछ भी नहीं किया था—पर जो कुछ भी नहीं कर सका था, तो इस ना कर सकने में मेरे जुड़े हुए हाथ भी शामिल थे, और झुका हुआ सिर भी।

किसी बुत के अचानक किसी घड़ी होंठ मुस्करा पड़े हों, किसीने नहीं देखे हों, मैंने देखे थे...

होंठ हिलते भी देखे। कमरे में धीमे से सरकते हवा के झोंके की तरह आवाज़ आई, "मिस्टर मलिक! आओ, बैठो..."

नहीं, आवाज़ हवा के झोंके की तरह नहीं थी, एक ठोस चीज़ की तरह मेरी ओर आई थी, क्योंकि मुझे लगा कि मेरे सारे बदन को कुछ छू गया था—छु गया नहीं, टकरा-सा गया। इतना कि मैंने पास पड़ी एक कुर्सी पर अपनी बांह रख दी।

"प्लीज़ मलिक, दो मिनट बैठो!" यह तरीज़ा की आवाज़ थी, और आगे वह कह रही थी, "मैं सिगरेट ले आई, पर माचिस लाना भूल गई," और फिर वह मेरी तरफ नहीं, दूसरी तरफ देखकर कह रही थी, "ममी, आज मिस्टर मलिक के साथ खूब गुज़री। इनके रीजेंट सिगरेट इनका एक दोस्त पी गया, और इनसे कोई सिगरेट पिया ही नहीं गया..." और फिर वह दूसरी तरफ नहीं, मेरी तरफ देखकर कह रही थी, "ममी सिगरेट पीने का बुरा नहीं मानतीं, आप बेशक पिएं, मैं माचिस लाती हूं।"

माचिस मेरी जेब में थी, मैंने निकालकर हाथ में पकड़ ली। तरीज़ा रुक गई। पर मैंने सिगरेट जलाया नहीं—सिर्फ उस बुत की तरफ देखता रहा, जो अभी तक हिला नहीं था, शायद मैं उसके हिलने का भी इन्तज़ार

कर रहा था।

पर यह दूसरा बुत हिला नहीं, सिर्फ मेरी आंखें उसपर हिलती रहीं—शायद उसे हिलाकर देखती रहीं...

"यह बुत आपको कैसा लगा है?" तरीज़ा की आवाज़ आई।

जवाब में कुछ कहने लगा था—शायद वह बात, जो अभी-अभी हो गुज़री थी—पर मेरे होंठ ज़रा-से हिलकर रह गए।

"यह बुत आपको पता है, किसने बनाया है?" तरीज़ा की आवाज़ आई।

जवाब में मैंने तरीज़ा के मुंह की तरफ देखा—मुंह मान से भरा हुआ था—कहने लगी, "ममी ने...बहुत साल हो गए हैं। मैं तब छोटी-सी थी, जब ममी ने यह बुत बनाया था। ममी ने स्कल्पचरिंग सीखा था, पर सिर्फ एक बुत बनाया, और फिर सब कुछ छोड़ दिया..."

मैंने उस तरफ देखा, जिधर तरीज़ा देख रही थी—मुंह पर ना गरूर था, ना पछतावा। कुछ था ज़रूर, पर मैं उसे कोई नाम नहीं दे सकता—समथिंग नेमलैस[1]...

चुप था, पर चुप जैसे अपने-आपमें एक ज़बान होती है...और शायद वह ज़बान, जो पहली बार सुनी हो—सिर्फ सुनी हो, समझी नहीं।

समझने के लिए शायद कुछ ज़ोर लगा रहा था—कोई चेतन ज़ोर नहीं, पर शायद अचेतन-सा, कि मेरी ज़बान पर 'आठ' लफ्ज़ घूमने लग पड़ा-कुछ तालू से लगा हुआ, कुछ ज़बान पर सरकतासा...

और फिर मुझे पता लगा कि मैं—सामने अपनी आधी झकाई नज़रों से उसके गले में पहने हुए ड्रोसिंग गाउन जैसी चीज़ पर उभरे हुए फूल गिन रहा था—एक...दो...तीन...चार...पांच छः...सात...आठ...

एक बार गिनती खत्म होती थी, दूसरी बार शुरू कर देता था—आंखों

1. कोई चीज़—अनाम

को और सोच को शायद जल्दी से कोई आहार चाहिए था...यह ड्रेसिंग गाउन जैसा जो भी कुछ था, टसरी रंग का था। इन्सानी जिस्म की जिल्द के रंग का। जिस्म के साथ जिस्म का हिस्सा बना हुआ था। इसीको मैंने थोड़ी देर पहले, उस मिट्टी के रंग में सोचा था, जिसके साथ मुझे यह बुत गढ़ा हुआ लगा था...और अब शायद जिस्मानी हकीकत पर यकीन करने के लिए मैं उसके गले में पड़े कपड़े पर के फूल गिन रहा था।...

मैं अपने जिस्म को झटका-सा देकर कुर्सी पर से उठ बैठा। तरीज़ा उस वक्त शायद मुझे कॉफी पीने के लिए कह रही थी, पर मेरे भीतर से लग रहा था कि मुझे अभी बहुत जल्दी वहां से उठ जाना था। मेरे माथे में से अनजाने खौफ की एक लकीर-सी हिलकर मेरी कनपटियों तक जा रही थी—कि मैं अभी, यहां बैठा मिट्टी के बुत की तरह हो जाऊंगा और इस बुत के मुंह पर तराशी आंखों की तरह मेरी आंखें भी खुली रह जाएंगी...पलकें नहीं झपक सकेंगी...

मैं कमरे से बाहर आ गया। मुझे याद है, मैंने आते हुए कुछ कहा नहीं था—सिर्फ देखा था। सिर जब झुक जाए—वह सिर्फ तब ही अदब की निशानी नहीं होती—सीधे तने हुए भी अदब वाले हो सकते हैं—यह मुझे उस दिन पहली बार पता लगा था...

मुझे याद है—गर्दन के पास मुझे कुछ बहुत गरम-सा लगा था, हाथ अपने-आप उस जगह चला गया। सिगरेट में से झड़ी हुई यह छोटी-सी चिनगारी थी, जो हवा से उड़कर परे गिरने के बजाय मेरी गर्दन के साथ लगकर मेरी कमीज़ पर गिर गई थी।

बाहर सड़क पर चलते हुए याद नहीं, मैंने किस वक्त सिगरेट जला लिया था। यह सिगरेट वही होगा, जो तरीज़ा ने दिया था। मुझे सिर्फ उस वक्त पता लगा था, जिस वक्त मैंने कमीज़ के गले के पास से एक चिनगारी झाड़ी थी—और उस वक्त मुझे लगा कि मैं अपने जिस्म के साथ-साथ नहीं चल रहा था—जिस्म आगे चल रहा था, मैं उसके पीछे-पीछे अपने-आपको

जबरन चला रहा था...

मेरे हाथों में कुछ नहीं था—पर इस 'कुछ नहीं' का जैसे वजूद था—और मैंने अडोल-सा उसे उठाकर अपने साथ लगाया हुआ था...

यह क्या था, पता नहीं। उसे पढ़ना, समझना और सोचना चाहता तो भी नहीं कर सकता था—अब तक नहीं कर सकता। यह किसी उस पुराने दस्तावेज़ सरीखा था, जिसके कीमती होने का अहसास हो—पर जिसे पढ़ा या पढ़वाया ना जा सके सिर्फ यह पता हो कि उसे सारी उम्र संभालकर रखना है।

इसके वजूद का मेरे पास कोई सबूत नहीं था, पर एक अजनबी खुसबू से मैंने इसके वजूद का अन्दाज़ा लगाया था। मैं अपने जिस्म की हल्की से हल्की गंध से भी वाकिफ हूं, मेरा तौलिया चाहे बीसों तौलियों में मिला दिया जाए, मैं अपने तौलिये को सूंघकर ढूंढ सकता हूं—और उस दिन पहली बार मुझे लगा था कि कोई अलग चीज़ मेरे साथ या मेरे भीतर थी। एक बड़ी हल्की, पर नई खुशबू थी, जो बराबर मेरे साथ चल रही थी...

मेरे पैर चल भी रहे थे, अटक भी रहे थे, और शायद वह खुशबू मेरे साथ जाना भी चाहती थी, रुकना भी चाहती थी...

एक बड़ी दुकान राह के दायें हाथ पर थी—मैंने वहां से एक सिगरेट का पैकेट खरीदा। सामने रीजेंट पड़ा हुआ था—मैंने हाथ के इशारे से पैकेट मांगा। दुकान वाला समझा नहीं, रीजेंट की जगह कोई और पैकेट पकड़ा दिया। मैंने मना नहीं किया। वही पैकेट ले लिया, जो उसने दिया था। सड़क पर आकर एक सिगरेट जलाया। कोई आधा सिगरेट पी चुका था—कानों में जावेद की कही हुई यह बात कसक गई, "एक सिगरेट से लेकर एक इश्क तक हर चीज़ अमल है, सिर्फ यह बात अलग है कि कइयों को एक ब्रैंड चाहिए।"

उस वक्त मुझे लगा कि मेरे अन्दर कहीं कोई खौफ जैसी चीज़ भी

थी—मैंने अनजाने ही सिगरेट का ब्रैंड बदल लिया था—शायद इस बात से बचने के लिए कि ब्रैंड की अकीदत आशिक होने की निशानी होती है और मैंने जल्दी से निशानी मिटा दी थी।

निशानी, जो सामने थी, मिटा दी। पर इन्सान का सिर्फ सामने का तरफ ही नहीं होता, पीठ वाला तरफ भी होता है—आंखें अपनी पीठ पर नहीं पहुंचतीं, और पता नहीं वहां कोई निशानी उतर आई थी—वहां, मेरी पीठ के पीछे कुछ हिलता, रेंगता-सा लगता था। सामने के हिस्से को देख सकता था, टटोल सकता था, पोंछ भी सकता था; पर उसका कुछ नहीं कर सकता था, जो मेरी पीठ के पीछे था।

जो कुछ था, अगर इसका नाम इश्क था तो इसने मेरी पीठ पर से वार करने वाली बात की थी...

नहीं, वार से मुझे शिकवा नहीं था, सिर्फ यह सोचता था कि अगर कहीं मेरी आंखें पीठ पर होतीं-मैं इस वार करते हाथों को देख सकता...

अजीब हालत थी—किसीके हाथों से कुछ नसीब हुआ था, पर हाथ देखने नसीब में न हुए...

माई गॉड...फिर मैंने जो कुछ देखा था...अजीब था। मुझे याद नहीं, पर मैं कमरे में आकर ज़रूर सो गया होऊंगा, इसी तरह खिड़की के पास कुर्सी पर बैठे हुए ऊंघ गया होऊंगा—और जो कुछ देखा था, ज़रूर सपना होगा...मेरी आंखें मेरी पीठ पर लगी हुई थीं,...पीठ गीली थी, सिर्फ गीली नहीं, पोली भी...और देख सकता था कि दो हाथ धीमे से मेरी पीठ पर फिर रहे थे—एक अन्दाज़ में, एक सलीके से, वे मेरी पीठ को गढ़ रहे थे, एक गोलाई दे रहे थे...हाथों के दाईं ओर ज़मीन पर बहुत-सी चिकनी मिट्टी पड़ी हुई थी, हाथ मिट्टी को उठाते और मेरी पीठ पर, जहां कोई जगह ऊंची-नीची थी, वहां मिट्टी की नई तह जमा रहे थे. मैं एक बुत की तरह गढ़ा जा रहा था—मैं बन रहा था, संवर रहा था, पर अपनी जगह से हिल नहीं सकता था...पीठ पर मेरे होंठ नहीं थे-बोल

नहीं सकता था।

सिर्फ आंखें थीं—देख सकता था...

वाट ए ड्रीम...

सपने में मुझे आंखें मिल गई थीं, पर होंठ नहीं मिले थे...

फिर जाग रहा था—देख सकता था—मेरे होंठ साबुत थे। पर। सोच सकता था—समझ सकता था—कि होंठ सारी उम्र के लिए गूंगे हो गए थे...

इस बीते साल में तरीज़ा कई बार मिली थी—अचानक कहीं सामने आ गई नहीं—खास तौर पर मेरे कमरे में आकर। शायद उसने मुझमें कोई प्रत्यक्ष फरक देखा हो। कई बार उसने मुझसे कुछ पूछने के लिए ज़ोर-सा लगाया था, पर फिर शायद उसने मेरे गंगेपन को कबूल लिया था, कुछ भी पूछना छोड़ दिया।

"तू नहीं समझ सकती, तू अभी बच्ची है।" जिस दिन मैंने उसे यह कहा था, उसी दिन से उसने मुझसे कुछ भी पूछना छोड़ दिया।

"मैं बच्ची नहीं।" सिर्फ उसने एक बार यह जवाब दिया था—सीधा मेरी आंखों में देखकर—फिर चुप कर गई थी।

"तू शायद बच्ची नहीं, पर मैं 'मैं शायद बहुत बड़ा हो गया हूं..." यह मैंने कहा था, पर कहते वक्त मैंने तरीज़ा की आंखों में देखा नहीं था। जैसे अचानक यूं बड़ा हो जाना एक भेद था, जिसे तरीज़ा से छुपाने की ज़रूरत थी...

"मुझे सभी बच्ची समझते हैं..." तरीज़ा ने एक शिकवे के लहजे में धीरे से कहा था।

"सब कौन?" मैंने पूछा था।

"आपने अभी कहा था—तू अभी बच्ची है..."

"मैंने कहा था, मैं समझता हूं, पर सब कौन?"

"ममी भी मुझे बच्ची समझती हैं। ममी की अलमारी में एक खाना है, वह हमेशा बन्द रखती हैं, मुझे कभी खाने में देखने नहीं देतीं—यह मुझे पता

है, वहां क्या पड़ा है...”

तरीज़ा कह रही थी, जिस वक्त मुझे अपना-आप एक कमरे में खड़ा हुआ नहीं, एक खण्डहर में भटकता हुआ-सा लग रहा था— किसी खण्डहर को देखकर किसी इमारत का इतिहास खोजता—नहीं, इतिहास नहीं, अपना वजूद खोजता हुआ।

मैं जैसे आप खंडहर था, और अपना इतिहास ढूढ़ रहा था। पूछा, “उस खाने में क्या पड़ा हुआ है?”

“मेरा ख्याल है, ममी कभी-कभी एक डायरी लिखती हैं। वह डायरी वहां पड़ी हुई है; पर वह मुझे पढ़ने नहीं देतीं ...”

तरीज़ा के साथ सिर्फ इतनी-सी बात हई थी, पर इतनी-सी बात मेरे लिए सुरंग की तरह बन गई थी, जिसके अंधेरे में मैं दिन-रात चलता रहता था—सुरंग की दीवारों को हाथ से टोहता वह खाना ढूंढ़ रहा था, जिस खाने में अंधेरे का एक टुकड़ा बन्द पड़ा था...

छोटा था—घर में एक मेहमान आया था—मां ने प्रणाम करने के लिए कहा था—प्रणाम कर दिया था—पर उसने अपने थैले में से एक काली स्लेट निकालकर, उसके ऊपर चाक से कुछ खींचा था—कुछ लकीरें और कुछ हिन्दसे थे—और फिर मेरे सिर पर हाथ रखकर उसने मां को तसल्ली दी थी कि उसका यह बेटा बड़ा भाग्यशाली होगा—बड़ा विचारशील।

यह मां के यकीन की बात है, मेरी नहीं—पर अब मेरे यकीन की बात मुझे यह लगने लगी कि अलमारी के खाने में पड़ा हुआ अंधेरे का एक टुकड़ा उस काली स्लेट की तरह था, जिसके ऊपर कुछ लकीरें और कुछ हिन्दसे लिखे हुए थे। और अगर मैं उस काली स्लेट को हाथ में पकड़कर उसपर लिखा हुआ कुछ पढ़ सकूं—मुझे मेरी तकदीर का पता लग जाएगा...

...बहुत दिन बीत गए एक रफ्तार से चलते और एक मंज़िल की तरफ

जाते पैरों की तरह नहीं, लड़खड़ाकर गिरते, उठते और चलते—

चलते दिनों के साथ मैं नहीं चल रहा था। मैं खड़ा था—सिर्फ दिन चल रहे थे। सोचता था—मैं काहे के साथ बंधा खड़ा था—शायद अपनी उम्र के बाईसवें साल के साथ बंधा था। यह साल मेरे बदन पर जवानी की तरह आया नहीं लगता था, एक जंजीर की तरह लिपटा हुआ लग रहा था—और मैं इस जंजीर से छूटने के लिए सिर्फ हाथ-पैर मार रहा था...

छूटकर कहां पहुंचना चाहता था—पता नहीं। यह भी पता नहीं कि जहां पहुंचना था, वहां मेरे लिए कोई जगह थी कि नहीं...

पते जैसा कुछ उस दिन लगा था—जिस दिन तरीजा ने कुछ फूल लाकर मेरी मेज़ पर रख दिए थे—और पूछा था कि मैं अपने जन्मदिन की क्या सौगात उससे लेना चाहता था।

उसने जन्मदिन की याद दिलाई थी—पर वह नहीं जानती थी कि यह याद मुझे मेरे बाईसवें-तेईसवें साल के साथ जोड़कर, मेरे कानों में एक जंजीर की आवाज़ और ऊंची कर गई थी...

जानता था—बरस एक-एक करके बीतेगा—उसे रोज़ एक-एक रात की एक-एक गुफा से गुज़रना होगा—और फिर भी मैं कहां पहुंचूंगा...जहां भी पहुंचूंगा, सालों की गिनती मेरे साथ चलेगी...मैं सालों की गिनती को पीछे छोड़कर जाना चाहता था...

"सौगात?" मैं चौंक-सा गया था।

"मेरा जी चाहता है, आप मुझसे कुछ ज़रूर लें।"

चुप था।

"क्या सोच रहे हो?"

मैं सोच नहीं रहा था—एक दीवार पर कुछ टटोल रहा था—नाखूनों से और बरौनियों से कुछ खुरच रहा था...

मन की हालत कई बार खतरनाक हद तक ईमानदार होती है—

ईमानदारी की उसी हद पर खड़े होकर मैंने कहा—"तरीज़ा, अगर मैं वह सौगात मांगू, जिसके लिए तुम्हें चोरी करनी पड़े?"

"बोलो, कितने पैसे चुराकर लाऊं?"

"पैसे नहीं...डायरी..."

"ममी की अलमारी में से ममी की डायरी?"

"सिर्फ कुछ घंटों के लिए, ज़्यादा से ज़्यादा एक रात के लिए।"

मैं थककर कुर्सी पर बैठ गया था—थककर नहीं, हारकर। उस चोर की तरह, जो किसी बेगानी हद में पैर रखते हुए सर से पकड़ा गया हो...

तरीज़ा बोली नहीं। बोलने की शायद कोई गुंजायश भी नहीं थी। उसने सिर्फ मेरी ओर देखा था। और मेरा ख्याल है—मेरे चेहरे पर बेहद थकावट के बगैर और कुछ नहीं था। एक बेगानी धरती पर पैर रखते समय घबराहट थी—पर अब, जब रख ही चुका था, देखा-पकड़ा भी जा चुका था, घबराहट खत्म हो गई थी। सिर्फ एक निराशा-सी थी कि क्या इस तरह पैरों का परायी धरती पर चले जाना, और किसीकी आंखों के सामने आ जाना ज़रूरी था?...मन की हालत, जो इस खतरनाक हद तक ईमानदार न होती, तो क्या हर्ज था?

पता नहीं, तरीज़ा किस समय चुपचाप चली गई थी। मन की हालत, जब तक मेरी छाती की हद में थी, बड़ी मासूम लगती थी। कोई इल्ज़ाम उसे लगाए नहीं लगता था। पर अब—इस हद से बाहर निकलकर, और पराये कानों को छूकर, उसने अपना कौमार्य तोड़ लिया था। और अब उसपर छोटे या बड़े इल्ज़ाम जैसा कुछ भी लग सकता था...

पता नहीं, कितना वक्त गुज़र गया! सुराही में से पानी डालते हुए जब देखा कि गिलास मुश्किल से आधा भरा था, तब मुझे पता चला कि मैं बार-बार कुर्सी से उठकर पानी के गिलास पीता रहा था। थोड़ी देर पहले भरी हुई सुराही खाली हो गई थी...

एक प्यास दिखती थी, गिलासों से नापी जा सकती थी पर एक प्यास जाने कैसी थी, सोच रहा था, दुनिया का कोई भी इल्ज़ाम उसे नहीं नाप सकता था...

मेज़ पर खटका हुआ, कमरे में हल्का-सा अंधेरा था, दरवाजे में से आती तरीज़ा को मैंने नहीं देखा था, सिर्फ खटका सुनकर देखा, और मेज़ पर उसने जो कुछ रखा था, अब देख सकता था...

ओह गॉड...खुदा पता नहीं क्या चीज़ है, पर मुश्किल वक्त में से गुजरते हुए, होंठों पर आ जाता है। पता नहीं, होंठों की हिम्मत बनके, या सिर्फ रूमाल की उस कन्नी की तरह, जिसे कोई दांतों में दबाकर अपनी सारी आवाज़ को रोक लेता है...

अपने-आपको नहीं,—पर तरीज़ा को मैंने जिस हालत में डाल दिया था, उसे सोच रहा था।

"आई एम सॉरी," किसी गहरी सांस में मिले ये लफ्ज़ शायद मेरे होंठों से निकले थे, और तरीजा ने सुन लिए थे, खिलखिलाकर हंस पड़ी, "अब सॉरी कहने से कुछ नहीं होगा—एन्ज्वाय योअर बर्थ डे गिफ्ट[1], सिर्फ खुदा से इतनी खैर मांगना कि कल तक ममी को अपनी अलमारी का दराज खोलने की ज़रूरत न पड़े, नहीं तो मैं मर गई..."

हमने एक-दूसरे की ओर देखा—दो चोरों की तरह—और हमारे होंठों पर एक शर्मिंदा-सी हंसी आ गई।

शर्मिंदगी की किस्म शायद अलग-अलग थी—तरीज़ा का चेहरा मुझे कुछ सुर्ख-सा होता लगा, और अपना पीला-सा।

"कल कालेज से लौटते हुए मैं यह ले जाऊंगी।" तरीज़ा ने कहा और जल्दी से चली गई।

अब कमरे में मैं था और वह डायरी...

अपने जिस्म की नग्नता को इन्सान कई बार देखता है, पर मेरी

1. जन्म-दिन के उपहार का आनन्द उठाओ।

ज़िन्दगी में यह पहली घड़ी थी, जब मैंने अपनी रूह की नग्नता देखी...

संस्कारों का लिबास चाहे नर्म लगे, चाहे खुरदरा, पर हरएक रूह यह लिबास पहनती है। पर उस दिन मेरी रूह ने अपने गले में कुछ नहीं पहना हुआ था—मेरा बदन सिर्फ एक बिस्तरे की तरह था, जो उसने सोने के लिए बिछाया-सा लगता था..

डायरी बन्द—भिचे हुए होंठों की तरह थी, उसको छूने की घड़ी किसीके होंठों के छने की घड़ी थी...

होंठों को, और फिर अंग-अंग को 'अक्षर पढ़े नहीं, सिर्फ छुए—वह अंगों के मुलायम रोम की तरह थे...

मेरा सब कुछ धड़क गया था, कांप गया था, और लगा, 'कुछ' 'कुछ' में समा गया था।

इस कुछ का कोई नाम नहीं, इसको एक मर्द और एक औरत के मेल से भी जोड़ सकता हूं—पर यह किसी मेल की सुनी और जानी हुई हालत नहीं थी—शायद इसलिए कि वह निराकार थी—अशरीर—अबदन।

वैसे मेरे बदन पर भी इसके निशान थे, पर बिस्तरे पर पड़ी हुई सलवटों की तरह—शायद इसलिए कि मेरी रूह ने मेरे बदन को एक बिस्तरे की तरह बिछाया हुआ था...

सारी रात 'मैं' था, 'वह' थी, और मेरे बदन का बिस्तरा था—मांस का बिस्तरा।

दूसरा पहर

उस दिन रात के गहरे अंधेरे में दीवारों पर कुछ हिलता-सा लगा था—वह रात अजीब भेदों से भरी हुई थी—कभी ज़ोर से एक पंख की तरह कुछ हिलता, कभी धीमे से उसांस की तरह।

आंखें खोलने और मंदने से कोई फर्क नहीं पड़ रहा था—अंधेरा बड़ा गहरा था। बिजली का बल्ब मेरी चारपाई से बहुत दूर था। हाथ हिलाने पर नहीं हिल रहा था—बहुत ज़ोर लगाकर सिर्फ सामने की दीवार तक पहुंचा था। वहां दीवार पर, मेरे कानों के पास भी कुछ हिला था—सारे हाथ से नहीं, सिर्फ एक उगली से उसे छुआ—वह मांस के एक टुकड़े की तरह मुलायम और पोला था। मांस, जो एक टुकड़े की शक्ल में भी हो, और जीता भी...

गले में से एक चीख-सी निकलती लगी—गले में से नहीं, सिर्फ छाती में से-क्योंकि गले तक वह सिर्फ पहंची थी, फिर वहीं रुक गई थी।

आंखों की मदद से नहीं, सिर्फ कानों की मदद से जान लिया—कुछ जीते-जागते सपने थे, जो दीवारों पर लगे हुए थे। उन्हें कील ठोंककर लगाया गया था। वे हिलते थे, पर दीवार से उतर नहीं सकते थे...

पता नहीं, कितनी देर तक मैंने यह देखा था, भोगा था। शायद पूरी तरह जागता नहीं था, पता नहीं, पर यह पता है कि पूरी तरह सोया हुआ नहीं था। सोचने पर शायद बहुत जोर पड़ गया होगा। याद आया—डायरी में लिखा हुआ था—"बहुत बार रात को ऐसा लगता है कि मेरे कमरे की चारों दीवारों पर कुछ हिलता है—फड़फड़ाता है। मैं कानों को बन्द कर लेती हूं—क्योंकि जानती हूं कि यह मेरे बड़े जीते सपनों के टुकड़े हैं, जो मैंने अपने हाथों कीलों से ठोंककर अपनी दीवारों पर लगाए हुए हैं..."

उस रात यह मैंने पढ़ा था, जिया भी था- शायद उसकी जगह जिया था। उसने पता नहीं, कितनी ही ऐसी रातें सज़ा की तरह काटी होंगी—पर उस रात शायद उसकी जगह मैंने उसकी सज़ा काटी थी...और शायद मेरे अन्दर और बाहर कहीं वह आप थी, जो अपनी और कई रातों की तरह, यह रात भी भुगत रही थी...

जिस्म के कपड़ों की तरह, जिस्म भी बदला जा सकता है, उस रात मुझे इस ख्याल ने बड़ा सहारा दिया था। मेरा विश्वास है कि उस रात वह अपने जिस्म में नहीं, मेरे जिस्म में रात की भयानकता को काट रही थी...

फिर मेरे कमरे में सुबह का एहसास हो गया था—आंखों से देख सकता था, पर लगा, चारपाई पर से उठ नहीं सकता था—उठकर सुबह के उजाले तक नहीं जा सकता था। खिड़की से थोड़ासा पर्दा हिल गया था। सामने दीवार पर धूप की एक पतली-सी लकीर आ गई थी। मेरे सारे बदन में सिर्फ एक चीज़ थी—मेरी आंखें, जो हिलती भी लगती थीं और जीती भी। बाकी किसी भी अंग में हरकत नहीं थी। और लगा, मैं बिल्कुल एक जगह पर बैठा अब सिर्फ बाहर के उजाले या बाहर के अंधेरे के रहम पर था।

'जान' जैसी चीज़ पता नहीं, कहां थी। मैं एक बुत की तरह था, वह मुझमें पड़ती नहीं थी...माई गॉड! यह कैसी ट्रांसमाईग्रेशन'[1] थी—मैं अपने जिस्म में से निकलकर मिट्टी के उस बुत में दाखिल हो गया था, जो कभी उसने गढ़ा था, और जिसे वह रोज़ देखती थी, सोचती थी कि इस मेरे तसव्वुर के बुत में हकीकत की जान क्यों नहीं पड़ती...'यही लफ्ज़ उसने ज्यों की त्यों अपनी डायरी में लिखे हुए थे।

डायरी के अन्दर के, पर पहले सफे पर, सिर्फ दो लफ्ज़ लिखे हुए थे-ग्रेप्स ऑफ मैडनेस[2]—यह जैसे डायरी का नाम था। दीवानगी के ये अंगूर-उसके माथे में-पता नहीं कब बीजे गए थे, ज़िन्दगी के कौन-से हादसे थे जिन्होंने ये बीज बोए थे, कुछ पता नहीं लग रहा था। मैंने सिर्फ उन्हें चखकर देखा था और लग रहा था कि उनमें से रिसता हुआ रस मेरे गले में से एक-एक बूंद करके मेरी छाती में उतर रहा था...

डायरी के सफे स्याही में भीगकर सूख चुके थे—पर ज्यों-ज्यों पढ़

---

1. देहान्तरण 2. दीवानगी के अंगूर

रहा था, लग रहा था, स्याही अक्षरों में से निकलकर अपनी प्रारंभिक गीली शक्ल में मेरी आंखों के सामने फैल रही थी। अक्षर कभी दिखते थे, कभी बिल्कुल नहीं। और डायरी में से निकलकर जो कुछ मेरे तक पहुंच रहा था—वह एक गंध थी। यह शायद इंसान की रूह को आते हुए पसीने की गंध थी—

"मेरा जिस्म एक लहू-मांस के गमले की तरह है।
ख्याल कभी फूलों की तरह खिलते हैं कभी मुरझाते...

दुनिया की हर अच्छी किताब को मैं घबराकर पढ़ती हूं
मेरी आंखें हर एक वरके पर ऐसे जाती हैं,
जैसे एक बहुत ज़ख्मी मरीज़ एक एमरजैन्सी वार्ड की तरफ जाता है।

लिबास एक अजीब चीज़ है—
जब जिस्म पर पड़ता है, सभ्यता बन जाता है,
पर जब रूह पर पड़ता है, तो निरा वल्गैटिटी'[1] होता है।

सारे रंग मेरे अंदर हैं, पर नर्म और पिघले हुए नहीं,
जो सहज ही एक-दूसरे में मिल जाएं,
ये ठोस पत्थर रोड़े की शक्ल में हैं
ये हर वक्त एक-दूसरे से टकराते हैं—
एक-दूसरे को ज़ख्मी करते हैं और मैं इनके—
खून में भीगी रहती हूं।

अजीब बात है कि सूरज को सारे खून माफ हैं। यह हर रोज़ दुनिया के

---

1. गंवारूपन

हर इंसान का एक दिन कत्ल करता है—रोज़ इंसान की उम्र एक दिन छोटी हो जाती है। उम्र का एक टुकड़ा रोज़ ज़ि बह हो जाता है..."

मुझ याद है—डायरी मेरे हाथों से छुट गई थी, शायद डायरी नहीं, मेरा अपना-आप मेरे हाथों से छूट गया था, इस तरह मैंने कातिल ढूंढ़ लिया था। इससे पहले मैंने कभी सूरज को इस शक्ल में नहीं सोचा था।

उस दिन जब सूरज ढला था, और उसके बाद हर दिन जब सूरज ढलता है, लगता है, उसकी लाली में वह खून भी होता है जो 'उसके' उस दिन के कतल हुए जिस्म से बहा होता है। वह भी शायद रोज़ ऐसा ही सोचती होगी...

सिर्फ उस दिन एक बात बड़ी अजीब लगी थी-(अब अजीब नहीं लगती, स्वाभाविक हो गई लगती है, शायद एक साल में उसकी आदत पड़ गई है, इसलिए) कि उस रात मुझे अपने बदन पर खून की कुछ छींटे पड़ी हुई लगती थीं—ऐसे, जैसे सूरज के हाथों से गिरकर मेरे ऊपर पड़ गई हों...

खून के वे छींटे, रात को मेरे जिस्म में एक आग जला देते हैं—मैं एक थी—सिस लिखना चाहता हूं : 'सूरज सैडिस्टिक[1] है—यह ठीक है कि वह चीज़ों को जन्म देता है, उसकी तपिश के बिना घास का एक तिनका भी नहीं पनपता, पर यह हर चीज़ को सिर्फ इसलिए पैदा होने में मदद देता है, ताकि उस चीज़ को धीरे-धीरे गलता और सड़ता देख सके...

डायरी को मैंने बहुत बार हाथ में पकड़ा था, बहुत बार हाथ से छोड़ा था-कुछ था, जो पकड़कर भी नहीं पकड़ा जा रहा था। कुछ था, जो छोड़कर भी नहीं छोड़ा जा रहा था। एक सफे पर लिखा हुआ था :

"ये लाइनें किसी कहानी की हैं, उसके किसी पात्र के बारे में, पर ये मेरे बारे में भी हैं :

"वह दर्द को कंजूसी से झेलती है, शायद वह नहीं चाहती कि उसका

1. क्रूरता-प्रेमी

यह निरन्तर दर्द कभी खत्म हो जाए।"

साथ के सफे पर लिखा हुआ था :

"सब कुछ हकीकत के हवाले कर दिया है, पर फिर भी एक टुकड़ा बाकी है जो किसीके हवाले नहीं होता, शायद यह भी मेरी कंजूसी है—अगर फराखदिल होती, तो एक टुकड़ा भी पास न रखती...

पर 'मेरा' कहने के लिए मैंने एक टुकड़ा अपने पास रख लिया है—यह मेरा है, इसकी निरन्तर पीड़ा भी मेरी है।

और शायद यही 'मैं' हूं"...

दोपहर को कालेज से वापस जाने लगी, तरीज़ा आई थी, डायरी ले गई थी; पर डायरी के साथ बीते हुए घंटे मेरे पास थे।

"डायरी में से मैंने कुछ सफे फाड़ लिए हैं।" मैं तरीज़ा को डायरी देते वक्त हंस-सा पड़ा था।

तरीजा की आंखों में एक खौफ कांप गया था। पर फिर उसने आंखें झपका ली थीं, और उसे यकीन हो गया था कि डायरी के सफे पूरे थे।

तरीज़ा चली गई थी। नहीं जानती कि मैंने डायरी में से कुछ सफे फाड़ दिए थे—जितने पल भी मैंने डायरी के साथ बिताए थे, वे डायरी के वरकों की तरह थे। पल मेरे पास थे, इसलिए वरके मेरे पास थे...

पल थोड़े-से थे, वरके भी थोड़े-से हैं। पर लगता है, मेरा जो कुछ है, सिर्फ यही है। यह मेरा अ दर है। बाहर जो कुछ है, वह सिर्फ इन वरकों पर चढ़ी हुई गत्ते की जिल्द है...

उसके दूसरे ही दिन कालेज जाते हुए रास्ते में जावेद मिला था—शैले लखनवी। मेरे कन्धे पर हाथ रखकर, और मेरे साइकिल के साथ जोड़कर अपना साइकिल चलाते हुए, उसने एक शे'र पढ़ा था—"जो बन्दे के साथ बीती है, वह खूब जानते हैं। पर 'कुन फिकुन' कहने के बाद, खुदा जाने—खुदा के साथ क्या बीती"— मैंने उसे कुछ नहीं कहा था, पर अगर कहना चाहता तो कह सकता था, कि खुदा के साथ जो

बीती, वह मुझे पता है। खुदा को एक डायरी लिखनी पड़ी, जिसका नाम है—'ग्रेप्स ऑफ मैडनेस'।

'उसकी बात कहते हुए मैं उसको खुदा की जात के साथ ही जोड़ सकता हूं...

उस दिन भी लगा था, जिस दिन डायरी पढ़ी थी, आज भी लगता है कि अभी किसी नींद से जागा हूं। तेईस साल सोता रहा था, और फिर अचानक जाग उठा था। लगता है, इन तेईस सालों में जो कुछ देखा था, सब सपना था, सिर्फ अब जो कुछ देखता हूं, वह असलियत है...

असलियत प्रत्यक्ष नहीं—सिर्फ उसकी धुंधली और हिलती शक्ल दिखती है—इस तरह, जैसे मैं जागा होऊं, पर अभी भी आंखें मल रहा होऊं...

मुझे पता है, मैं कच्ची नींद से जागा हूं, सिर्फ तेईस साल सोया था और फिर जाग पड़ा। मुझे शायद पैंतीस-चालीस साल सोना चाहिए था.. और फिर मैं जब जागता, मेरी उम्र 'उसके' बराबर हो गई होती...

पर मेरे अन्दर कहीं कुछ उसके बराबर है। जो बराबर नहीं दिखता, वह शायद मेरे अंगों से झड़ा हुआ है। ये चौदह-पन्द्रह बरस (तेईस और पैंतीस-चालीस में इतना-सा ही फर्क है) मुझे मेरा हिस्सा लगते हैं—बीते हुए-बरते हुए, भुगते हुए—सिर्फ किसी तरह अपने से झड़ गए दिखते हैं—जैसे किसीका एक हाथ मशीन में आ जाए और पांचों में से एक उंगली कट जाए...

मन की नहीं, उम्र की एक अपाहिज-सी हालत है...

लगता है, एक जंग से जख्मी होकर लौटा हूं, और हाथ या बांह की जगह मेरी उम्र के पन्द्रह बरस मेरे से कट गए हैं...

सामने मेरी खिड़की के चौखटे में आसमान का एक टुकड़ा जड़ा हुआ है—एक लैंडस्केप की तरह—सारे कैनवैस पर सलेटी रंग की एक कंची

फिरी हुई है, सिर्फ एक कोने में एक दूधिया बादल गुच्छा होकर पड़ा हुआ है...

कनवैस में, मेरे मन की हालत की तरह, एक हरकत है। गुच्छा हुआ बादल धीरे से सिर उठाकर कुछ देख रहा है—शायद ज़ोर से एक गहरी सांस ले रहा है —और फिर अलसाया-सा औंधा होकर, जहां बैठा हुआ था, वहा ही ठिठक-सा गया है...

बिल्कुल ऐसा ही दिन था—मैं बादल के इस टुकड़े की तरह गुच्छा होकर पड़ा हुआ था—वह लड़की मिस स्टेटमैण्ट—आई थी, कमरे में चारों तरफ देखकर जब लौटने लगी तो दूसरी बार कुर्सी की तरफ देखकर खड़ी हो गई और फिर हंसने लगी, मैंने समझा था, कुर्सी पर कपड़ों की गठरी पड़ी हुई है," और फिर मेरी कुर्सी के पास आती हुई कहने लगी :

"आज हमने तरीज़ा को टीज़ कर-करके रुला दिया।"

"तरीज़ा को? क्यों?"

"वह मेरे कमरे में अब भी रुआंसी बैठी हुई है।"

"पर..."

"पर-वर कुछ नहीं, यह लो इन्विटेशन, और जल्दी से तैयार हो जायो। आज तरीज़ा के घर पार्टी है।"

"तरोज़ा के घर..." धड़क गया था-कुसी पर पड़ी हुई कपड़ों की गठरी धड़क गई थी-तरीज़ा' के लफ्ज़ से नहीं, 'घर' के लफ्ज़ से...

"इन्विटेशन पढ़ लो—" भिस स्टेटमैण्ट ने कहा।

देख सकता था—उसका मुंह इस वक्त बड़ा घुटा हुआ था। घुटा हुआ और कसा-सा। पर उसका वह यत्न दिख रहा था, जिसके साथ वह मुंह को सख्त-सा कर रही थी।

कागज़ की तरफ देखा, टाइप किया हुआ था—"आई इन्वाइट यूट

सेलीब्रेट माई सीक्रेट लव ओवर ए कप ऑफ टी"[1]। नीचे तरीज़ा का नाम लिखा हुआ था—हाथ का लिखा नहीं, टाइप किया हुआ।

"नानसैन्स—" मैंने कहा, होंठों से भी, शायद आंखों से भी।

"हूं इज़ दैट लकी डॉग?"

"डौंट यू नो?"[2] वह खिलखिला के हंस पड़ी।

"मुझे नहीं पता।"

"आज पार्टी में पता लग जाएगा। उठो मिस्टर मलिक, जल्दी करो, देर हो गई है। असल में हमें छः बजे वहां पहुंच जाना था, पर यहां ही छः बज गए हैं। यह इन्विटेशन आपको तीन बजे पहुंचना था, पर वहां तरीज़ा मेरे कमरे में आके दो बजे की मुसीबत डालकर बैठी हई है।"

"वह इन्विटेशन खुद क्यों नहीं देने आई?"

"मैंने एक काम तो उसका कर दिया था, कहा था कि इन्विटेशन टाइप कर दूंगी। पर अब वह किसीको देने के लिए भी आप नहीं जाती, वह भी मुझे जाके देने पड़े हैं..."

शरारत सामने थी—तरीज़ा की सहेलियों ने तरीज़ा से चोरी यह इन्विटेशन बना लिया था—और तरीज़ा गुस्से में और शर्म के मारे किसीके सामने नहीं पड़ती थी।

मुझे जाना था—न सहेलियों की शरारत से मतलब था, न तरीज़ा के गुस्से से, पर जाना था।

घर की हद में पहुंचते ही लगा कि आते हुए नलिन के कमरे में मैंने जो पानी का गिलास पिया था, वह सिर्फ पानी था। मेरे पैरों में एक कंपकंपी-सी उतर रही थी...

ड्राइंगरूम हरी रोशनी आज भी वहां थी, पर सिर्फ एक कोने में, दूसरे कोने में नीली थी, तीसरे में लाल...उस दिन कमरे में सिर्फ एक ही बुत था।

1. मेरे गुप्त प्रेम के जश्न पर आप चाय के लिए आमंत्रित हैं।
2. क्या तुम्हें नहीं मालूम, वह तकदीर वाला कौन है?

भरे कमरे में मेरी आंखें भटकी हुई थीं,...बुत की तरफ देख रहा था—नहीं, बुत के भीतर होकर, बुत में समा रहा था...

कमरे में बहुत-सी खड़खड़ाहट थी—पैरों की आवाज़ों की, प्यालों की, म्यूज़िक की, पर एक हल्की-सी चेतना के सिवा मैं सिर्फ एक बुत था...

मेरे हाथ में किसीने चाय का प्याला पकड़ाया—शायद उस लड़की ने, जिसेसब मिस मिस्ट्री कहते थे, और फिर मिस स्टेटभैण्ट की आवाज़ आई, "कम ऑन लकी डॉग? लेट अस सेलीब्रेट यूअर सीक्रेट लव!"

मैं कमरे में सबके मुंह की तरफ देखने लगा था—देख रहा था, यह किसके लिए कहा गया था..

सारे कमरे की हंसी मुझपर टूट पड़ी थी—सारे, जैसे शीशे के कंकरों की एक-एक मुट्ठी भरके मेरे ऊपर फेंक रहे थे...

"यू...ऑल डेविल्ज़..." तरीज़ा कह रही थी। उसकी आवाज़ खीझी हुई और थकी हुई थी। शायद यह बात वह दोपहर से कह रही थी, पर उसकी बात कोई नहीं सुन रहा था।

"हू इफ़ द लकी डॉग?" मैंने शायद फिर पूछा था।

"हाउ इन्नोसेंट यू आर, बोथ!"[1] यह उस लड़की ने कहा था, जिसे सारे मिस क्रिटिसिज्म कहते थे।

एक ठहाका था, बड़े गलों में से, बाढ़ के पानी की तरह कमरे में आ गया था—तरीज़ा की आवाज़ उस पानी में बह रही थी, मैं भी जो कहता, वह बह जाना था, इसलिए कुछ नहीं कहा।

"मलिक! हमारे सबके सामने तरीज़ा को एक ताकि दुष्यन्त की तरह जब तू उसे भूल जाए तो यह शकुन्तला की तरह तुझे याद कर सके कि..." यह बात केवल कालिदास कह रहा था, और कह रहा था, "नहीं तो मुझे नया काव्य लिखना पड़ेगा।"

1. तुम, तुम दोनों कितने नादान हो!

शैले लखनवी एक शे'र पढ़ने लगा था, जिस वक्त किसी लड़की ने कहा, "भई, तरीज़ा की ममी को भी बुलाना चाहिए। तरीज़ा, तूने ममी को भी इन्विटेशन दिया है या नहीं? नहीं तो मैं अभी दे आती हूं, वह किस कमरे में होंगी?"

जिस दीवार से लगकर मैं खड़ा था, लगा, वह दीवार हिल रही थी। तरीज़ा उस लड़की को 'शटअप' कह रही थी, और शायद कमरे का दरवाज़ा अन्दर से बन्द कर रही थी कि कहीं वह लड़की सचमुच ही बाहर जाकर कुछ कह न आए, कि नलिन सबमें से उठकर, दीवार की तरफ मेरे पास आ गया।

मेरे मुंह के रंग में शायद बहुत फर्क पड़ गया था। वह मेरे पास होकर धीरे से मुझे कहने लगा, "आई द हेअर ऑफ हेनरी मिलर एडवाइज़ यू..."[1]

मेरी आंखें मेरे मुंह पर फैल गई लगी थीं। वह मेरे कानों में कह रहा था, "स्लीप विद द गर्ल, ऐंड गेट रिड ऑफ दिस मूड।"[2]

कमरे में रिकार्ड प्लेअर बज रहा था। दो जने डांस कर रहे थे। तरीजा ने बिल्कुल नहीं सुना था कि नलिन ने मुझे क्या कहा था, पर मेरे मुंह पर आई हुई खीझ शायद उसने देख ली थी। नलिन जब उधर चला गया तो वह मेरे पास आकर कहने लगी, "आई एम सॉरी मिस्टर मलिक, आज सबको एक भूत सवार हो गया है। अगर आप तंग आ गए हैं तो आइए, आपको साथ के कमरे में छोड़ आऊं। वह हमारी लाइब्रेरी है, ममी की लाइब्रेरी..."

तरीज़ा मुझे लाइब्रेरी में छोड़कर चली गई थी।...सब दीवारों में अलमारियां थीं...किताबें, किताबें...मेरी उंगलियां कांप रही थीं—सारी किताबों के सारे वरके स्याह काले बालों की तरह लगे...'मेरे पपोटे उन बालों को छू रहे थे...कांप रहे थे, छू रहे थे,...

1. मैं हेनरी मिलर का वारिस, तुम्हें सलाह देता हूं...

2. इसके साथ सोओ, और गम गलत करो!

वट...ए ... सैन्सुअल मोमेण्ट ... वट...ए थिल...प्योर एक्सटेसी... नकिड प्योरिटी...[1]

मूसा ने किसी पर्वत पर पता नहीं क्या देखा था, शायद वही देखा था, जो मैंने कमरे में देखा...

लगा, मेरी कल्पना ने हकीकत का वेश पहन लिया था... आंखें झपकी, फिर झपकीं। देखा, एक हकीकत थी। सिर्फ उसने कल्पना का वेश उतार दिया था...

कल्पना की मुझे आदत थी, हकीकत की आदत नहीं थी, इसलिए सबसे पहली चीज़ जो मेरे बदन को महसूस हुई, वह एक गहरी कंपकंपी थी...

'वह' कमरे को खाली समझ के कमरे में आई थी। उसने उस तरफ नहीं देखा था, जहां मैं खड़ा था। परली तरफ पानी का भरा हुआ एक शीशे का जग पड़ा था, उसने गिलास में पानी डाला, कुछ पिया और गिलास रख दिया।

जब वह कमरे में आई थी, मैं देख रहा था। जब वह मेरी तरफ पीठ किए गिलास में पानी उंडेल रही थी, तब भी मैं देख रहा था। पर जब वह मुड़ी, मेरी तरफ देखा, मुझे लगा, मैं उसे महसूस कर सकता था, पर देख नहीं सकता था—देख रहा था, पर दिख नहीं रहा था...'मेरी आंखों में शायद पानी की तह-सी आ गई थी...

एक शिद्दत थी, जो पिघलकर आंखों में आ गई थी।

"सॉरी, मैंने समझा था, इस कमरे में कोई नहीं..." मैंने अपने कानों से उसकी आवाज सुनी। जवाब में कुछ कहा था, पर शायद कहा नहीं गया था—होंठ सिर्फ हिलकर रह गए थे।

कहने के लिए सिर्फ एक बात थी, "कमरे में अब भी कोई नहीं, सिर्फ साथ के कमरे में पड़ा हुआ बुत हिलकर किसी तरह इस कमरे में आ गया है

1. कितने सुख, आनन्द और उल्लास का क्षण है. हर्षोन्माद 'अनावृत निर्मलता।

पर यही एक बात थी, जो मैं नहीं कह सकता था।

"कुछ किताबें पसन्द आईं?" उसने फिर कहा, यह शायद मुझे संकोच से बचाने के लिए कहा था।

मैंने एक अलमारी की तरफ देखा, दूसरी की तरफ, तीसरी की तरफ, चौथी की तरफ, ऐसे, जैसे ये इतनी हैं कि किस-किसका नाम लूं...

"मैं यूं ही इस कमरे में आ गई थी, खाली थी, नहीं तो अक्सर देर से आती हूं। तुम इत्मीनान से किताबें देखो।" उसने कहा और - कमरे में से जाने लगी।

याद आया—किसी किताब में पढ़ा था—एक राजा ने अपनी बेटी के इश्क में दीवाने हुए एक नौजवान को बुलाकर कहा था कि तू मेरी बेटी को हासिल कर सकता है, पर उसकी एक शर्त होगी। पूरे एक घंटे के लिए वह तेरे हवाले की जाएगी, पर उसके बाद तुझे सूली पर चढ़ा दिया जाएगा। एक घंटा वस्ल की कीमत मौत से कम नहीं हो सकती...और मेरे अन्दर कुछ बिलख-सा गया—खुदाया! क्या तू आज मेरे ऊपर यह शर्त नहीं लगा सकता?

"पानी का गिलास चाहोगे?" वह दरवाजे के पास थे, जिस वक्त उसने पूछा।

"मेहरबा..." याद नहीं, यह लफ्ज़ मेरे मुंह से पूरा निकला था कि नहीं।

"मैं एक गिलास ले आऊं।" उसने दूसरी तरफ शीशे के जग की तरफ देखा और चली गई।

गिलास लाकर जग में से पानी उंडेला, मुझे दिया, और फिर चली गई।

पानी का गिलास मुझे उसके हाथों से मिला था—बूंद-बूंद मेरी रगों में उतर रहा था—शायद मेरी प्यास नाप रहा था...

खाली हुआ गिलास, लगा, हंस रहा था...शायद बिजली की रोशनी से

उसका एक हिस्सा कुछ दमक-सा रहा था...

हाथ अनायास ही एक दूसरे गिलास की तरफ चले गए जो उसका था। उसमें अभी भी आधा गिलास पानी था...

पहले गिलास को पकड़ते वक्त मेरे हाथ कांपे थे। इस दूसरे गिलास को छूते समय मेरे होंठ कांप गए...

इट वाज़ नॉट ए ग्लास ऑफ वाटर-इट वाज़ ए ड्रिंक ऑफ मैडसन... नहीं–इट वाज़ ए सिप ऑफ एटरलिटी...[1]

तीसरा पहर

इस समय पता नहीं क्या वक्त है?—वक्त' 'वक्त''वक्त! लगता है, वक्त के पास कपड़ों के सिर्फ तीन जोड़े हैं—भूत, वर्तमान और भविष्य। यह हमेशा वही है, सिर्फ किसी-किसी समय यह अपने कपड़े बदलता है...

ये कपड़े मुझे उसके वजूद और शख्सियत का हिस्सा नहीं लगते। यह पहनकर वह एक स्वांग-सा लगने लगता है—पर वह पहनता है—शायद इसलिए कि लोगों को स्वांग देखने में अच्छे लगते हैं...

मुझे भी उसने हंसाने की कोशिश की थी-हंसाने की भी और रुलाने की भी; पर कुछ नहीं हुआ। हारकर उसने सब कपड़े उतार दिए हैं—शायद धुलने दे दिए हैं...

वक्त मेरे साथ क्या कर रहा है? या क्या करेगा? या उसने जो कुछ किया था, क्यों किया था? लोग जब ऐसी सोचों में पड़ जाते हैं, वह मुस्कराता है। शायद यही उसकी जीत होती है कि वह इस तरह किसी को हैरान और परेशान कर सकता है—इट इज़ ए सिली गेम, वैरी

---

1. वह एक गिलास पानी नहीं था—वह दीवानगी का प्याला था...नहीं, वह शाश्वतता का चिरन्तनता का घूंट था।

चाइल्डिश...[1]

पर होता क्या है—कुछ भी नहीं, कुछ लोग बहक जाते हैं, कुछ ढीठ हो जाते हैं। जो बहक जाते हैं, वे घबरा के पूजा-पाठ करने लगते हैं, जंतर-मंतर पढ़ने लगते हैं, कोई माला, तसबी फेरने लगते हैं या ज्योतिषी को हाथ दिखाने लगते हैं। जो ढीठ हो जाते हैं, वे बड़े आराम से व्हिस्की का गिलास पकड़ते हैं और रेडियो ऑन करके जंग की खबरें ऐसे सुनते हैं, जैसे फुटबॉल के या क्रिकेट के मैच की कमेण्ट्री सुन रहे हों—कितने हवाई जहाज़ गिरे? कितने रन्ज़? फौजें कहां तक पहुंच गईं? किस जरनैल ने गोल किया...?

जावेद बहुत बोलता है—उसे इस बात का भी बहुत दुःख रहता है कि कोई उसे समझता नहीं। एक दिन वह मिलिटरी के किसी दोस्त से व्हिस्की लाया था—और उसकी शिकायत व्हिस्की के थड़े पर चढ़कर और ऊंची हो गई थी—वह शायद एक लड़की को नहीं, लड़कियों की सारी जात को उलाहना दे रहा था।

मैं एक बैरंग चिट्ठी हूं।
ज़रा ख्यालों का वज़न ज़्यादा था
और खुदा ने कुछ टिकट कम लगाई थी
सो इस दुनिया में मुझे किसीने डाकखाने से छुड़ाया नहीं!

पर डाकखाने से छुड़ाई गई चिट्ठी का क्या बनता है! हर चिट्ठी अन्त में रद्दी की टोकरी में चली जाती है या ज़्यादा से ज़्यादा किसी मेज़ के खाने में...

नामों का क्या है—वे पंडित की पत्नी में भी खो जाते हैं, अखबारों में भी, इतिहासों के सफों में भी...

कामयाबी क्या चीज़ है? यह सिर्फ एक बाजीगरी है। जितना भी कोई अच्छा बाजीगर है, वह उतना ही कामयाब है...

---

1. वह एक मूर्खतापूर्ण खेल है, बिल्कुल बचकाना...

व्यवहार, ...कैरियर...एक-दूसरे की जेब में से पैसे निकालने का दूसरा नाम है। जो कोई किसीकी जेब में से बहुत पैसे निकाल सकता है, वह उतना ही सफल समझा जाता है...

नलिन बहुत कम बोलता है, पर जब बोलता है, कई बार काम का बोलता है। कई बार डिस्गसटिंग[1] भी होता है, पर कई बार अच्छा लगता है। लिखता कुछ नहीं, सोचता है—सिर्फ तब लिखूगा जब मेरा लिखा हुआ बैन[2] होने के काबिल हो सकेगा...' कभी-कभी सचमुच वह हेनरी मिलर का वारिस लगता है...

एक दिन उसने कमाल किया था—कालेज का प्रोफेसर नैश्नलिज्म पर लेक्चर दे रहा था—वह बोला नहीं, सिर्फ फैलीफैली आंखों से देखता रहा, प्रोफेसर की तरफ भी और सुनने वालों की तरफ भी।

प्रोफेसर चला गया, वह फिर भी बैठा रहा। जब किसीने बहुत पूछा, तो वह उठकर, उस चले गए प्रोफेसर की जगह पर खड़ा हो गया और कहने लगा—'मैं तुम्हें नैश्नलिज्म के सही अर्थ बताता हूं।' उसने सिर्फ चार लाइनें कहीं थीं, पर सब कांपकर रह गए थे। वह सिर्फ मुस्करा रहा था, और कह रहा था :

वेल्कम, सेज़ द मदर
माई हार्ट इज़ ऐन ओवन
बेकिंग स्पिरिचुअल ब्रेड
कम ऐंड ईट ऑफ यूअर फेलो चिल्डरन...[3]

पंक्तियां पता नहीं किसकी थीं, पर वह छाती में से निकालकर पढ़ रहा था और उन पंक्तियों ने नैश्नलिज्म के जिस्म पर पड़ा हुआ रेशमी चोगा फाड़ दिया था—चोगा भी नहीं—नर्म मांस की चढ़ाई हुई उसकी

1. अरुचिकर 2. जब्त

3. स्वागत, मां कहती है—मेरा दिल एक चूल्हा है, जिसमें आध्यात्मिक रोटियां पकती हैं। आओ, और अपने साथी बच्चों का आहार करो।

'स्कन' उतार दी थी—और वह अपनी पूरी भयानकता के साथ सामने खड़ा था...

लगता है—वक्त की तरह, दुनिया की सफलता, शोहरत, कौम-परस्ती और देश-परस्ती के पास भी रंग-बिरंगे कपड़ों के कुछ जोडे होते हैं...

सब बनी-बनाई कीमतें, उतारे और पहने जा सकने वाले कपड़े होते हैं। कपड़े एक बाहरी दिखावा है, बाहरी भी और बनावटी भी। इसलिए यह एक ट्रैप[1] है। नरेन्द्र ट्रैप में फंस गया था, उसे मरने की जल्दी पड़ गई थी—नहीं तो जल्दी करने की क्या ज़रूरत थी, जबकि हरएक की उम्र का एक दिन रोज़ मर रहा है? उम्र के सारे दिनों को इकट्ठा करके एक दिन में मार देना हिटलर का कान्सेन्शट्रेन कैंप है।

नरेन्द्र ने शायद हिटलर बनकर देखना चाहा था, हिटलर भी और गैस चैम्बर में पड़ने वाला मनुष्य भी...इस तरह के दोहरे तजरबे से ही शायद वह अपने ट्रैप से बदला ले सकता था...

सैक्स शायद बहुत बड़ा ट्रैप है, क्योंकि इन्सान उसे अपने वजूद का सबूत समझकर बरतता है। नरेन्द्र के मन की हालत पता नहीं क्या थी, बाहर से वह बड़ा चुपचाप और शान्त दिखता था। कालेज में उसने डिस्टिंक्शन ली थी, पर छुट्टियों में घर जाकर स्यूइसाइड[2] कर लिया। बात का कोई सिरा आपस में जुड़ता नहीं। सो सिरा शायद यही था, जो सब कहते हैं कि उसे यह ख्याल हो गया था कि वह जिस्मानी तौर पर...

जावेद ने, नरेन्द्र की मौत पर, नरेन्द्र की तरफ से एक नज़्म लिखी है :

गंदले पानी में कुछ बुलबुले उठते हैं
मैंने डिक्शनरी देखी है—इनका नाम आशाएं हैं

---

1. जाल 2. आत्महत्या

मैं खूब हंसा हूं—और अभी मैंने इस डिक्शनरी को फाड़ दिया है।

सुनकर माथे की नसों में दर्द होता है। पर सोचता हूं—अस्तित्व इसके बगैर भी तो हो सकता था-कम्पलीट और इण्डिपेण्डेण्ट...[1] हालांकि 'कम्पलीट' नाम की कोई चीज़ नहीं। पर जो बाकी के अधूरेपन को पूर्णता कहा जा सकता है, तो इसको भी कहा जा सकता है। और वह स्वतन्त्र हर तरह से ज्यादा था— इतना कि औरत के अस्तित्व से भी स्वतन्त्र था...

पता नहीं किसी न किसी तरह की मोहताजी इन्सान के लिए क्यों ज़रूरी होती है—औरत और इश्क को भी सबने इसी शक्ल में स्वीकारा है...

मुझे कभी किसीसे इश्क नहीं हुआ, न हो सकता है। इश्क जिन अर्थों को अपने साथ लपेटकर चलता है, अगर वह इश्क के जिस्स से झड़ जाएं तो फिर उसका नाम पता नहीं क्या होना चाहिए। मैंने सिर्फ वह अनाम चीज़ देखी है। उसका मेरे साथ घटित होना, अपने-आपमें स्वतन्त्र है—इतना कि जिसके द्वारा घटित हुआ है, उसे बताने की ज़रूरत भी खत्म हो गई है...

कोई गुलामी स्वतन्त्रता को जन्म नहीं दे सकती, सिर्फ स्वतन्त्रता स्वतन्त्रता को जन्म देती है। इसी हालत ने शायद इस हालत को जन्म दिया है कि वक्त अब चाहे अपने तीन जोड़ों में से कोई जोड़ा पहन ले, मुझे फर्क नहीं पड़ता...

अपने-आपकी खुदाई में से मुझे जो कुछ मिला है, देख सकता हूं—उसकी जड़ वहां तक गहरी है, जहां तक 'मैं' हूं...'तो मैं न भूत के कफन में लपेटा जा सकता हूं, न भविष्य के छलावे में।

तरीज़ा ने एक तरह से इस खुदाई में मेरी मदद की थीचेतन तौर पर नहीं, पर अचेतन तौर से उससे हो गई थी। वैसे एक दिन आई तो वह मुझसे

1. पूर्ण और स्वतन्त्र

मदद लेने के लिए थी—बड़ी घबराई हुई, अपने कपड़ों में ही सिकुड़ रही थी। खिड़की में से आती हवा से उसके कपड़े हिलते थे, और कपड़ों के ज़ोर से वह आज हिलती लगती थी।

"मिस्टर मलिक..." वह माचिस की तीली की तरह एक-बारगी भड़ककर बोली थी, फिर अडोल-सी जलती खड़ी रही थी।

उस वक्त समझ में नहीं आया था, पर अब समझ में आ रहा है, वह मुझसे कुछ भी पूछने से पहले एक जलती तीली की तरह सोच रही थी कि अगर वह आगे होकर मेरे अन्दर की किसी बत्ती को छू गई तो बत्ती जला लेगी, पर जो वह किसी गलत जगह पर छू गई तो कुछ न कुछ फूंक देगी..

शायद फिर वह जलाने और फूंकने के फर्क को समझने के लिए और सब्र नहीं कर सकती थी, या उसके डर से आतुर हो गई थी, उसने एकबारगी जो कहना था, कह दिया। कहने लगी :

"होमो क्या चीज़ होती है?"

"वा...अ...ट?" मैंने उसे कुछ बताने की जगह पूछ लिया।

"यही लफ्ज़ था, जो मैंने सुना था। मुझे कुछ पता नहीं लगा, पर जिस लहजे में कहा गया था, वह बहुत खराब था। ममी को पूछना चाहती थी, पर पूछा नहीं। वे आगे ही बहुत परेशान थीं।"

"किसने कहा था, किसको कहा था?" मैं इतना पूछ नहीं रहा था, जितना सोच रहा था।

तरीज़ा की आंखों में आंसू आ गए थे—उसने न छिपाए थे न पोंछे थे। मेंह में भीगी बिल्ली की तरह वह मेरे पास गुच्छा हुई जा रही थी।

चुप खड़े रहना, और उसे ऐसे देखे जाना कुछ गैर-इन्सानी लग रहा था। मैंने हथेली से उसका मुंह पोंछा—उसकी आंखें भी—जैसे भीगे बालों को निचोड़ा जाता है।

"आप मुझसे नाराज़ तो नहीं!" उसने एकदम पूछा। मुझे पता नहीं

लग रहा था कि उसे यह पूछने की ज़रूरत क्यों पड़ी थी। पर यह पता लग रहा था कि उसे कुछ दिलासे की ज़रूरत थी।

"वा...इ...ई?" समझ नहीं आ रहा था कि मैं उसे कोई दिलासा कैसे दे सकता था।

"उस दिन सारी शरारत उनकी थी, मेरा कोई कसर नहीं था।" जब उसने यह कहा तो मुझे हंसी आ गई। मुझे पता था, उस दिन तरीज़ा की तरफ से चाय का जो इन्विटेशन दिया गया था, वह उसके लिए भी शॉकिंग था। पर इस वक्त पर उस दिन की बात छेड़ती हुई वह एक छोटी-सी बच्ची लग रही थी। मैंने उसका हाथ पकड़कर उसे कुर्सी पर बिठाया।

"बिल्ली-सी, यह तने कैसे सोच लिया कि मैं तुझसे नाराज़ हूं?"

"बाद में मैंने ममी को भी बता दिया था। वह इन्विटेशन भी दिखाया था। ममी ने हंस-भर दिया था।"

मेरी सांस मुझे कुछ अटकता-सा लगा, पर एक पल। दूसरे पल मैंने उसे अपनी नहीं, तरीज़ा की परेशानी से जोड़ लिया।

पूछा—"पर अभी तू रोई क्यों थी?"

"मेरे एक अंकल हैं, पापाजी से छोटे। आपको पता है न, मेरे पापा की डेथ हो गई है?"

"पता है।"

"बिज़नेस मेरे पापा का था, पर उसमें अंकल का भी शेअर था। अंकल ने अपने शेअर से ज्यादा बहुत कुछ ले लिया है। बिज़नेस भी सब संभाल लिया है, पर फिर भी वे मेरी ममी को तंग करते हैं। कल वे फिर आए थे... 'कल मेरी ममी बड़ी खीझी हुई थी..."

"अगर वे चाहें तो किसी अच्छे वकील को...'

"वकील की ज़रूरत नहीं, ममी कहती हैं, अंकल कानूनी तौर पर कुछ नहीं कर सकते।"

"फिर?"

फिर बाकी बात शायद बड़ी नाज़ुक थी, और उसी नाज़ुक जगह को मेरा सवाल छू गया था। तरीज़ा का मुंह एकबारगी लाल हो गया।

एक झिझक भी, पर झिझक से भी बढ़कर तरीज़ा के मुंह के रंग में एक गुस्सा था। इसी गुस्से से खौलकर उसने कहा, "जब ममी नहीं चाहतीं, तो अंकल का क्या हक है उन्हें तंग करने का? ममी ने कई बार उन्हें घर आने से मना किया है, पर वे फिर आ जाते हैं।"

"पर वे चाहते क्या हैं?"

"ममी कहती हैं कि वे हमारी जायदाद छीनना चाहते हैं।"

"यह वे किस तरह कर सकते हैं?"

तरीज़ा बहुत देर बोली नहीं। फिर बोली तो लगा—वह नहीं बोल रही थी, सिर्फ उसके होंठ कुछ टेढ़ा होकर एक बल-सा खा रहे थे—"ही वांट्स टू मैरी माई ममी ऐंड ओन एवरी थिंग।"[1]

मेरा सिर झुक गया—सिर मेरा नहीं था, मर्द की ज़ात से सम्बन्धित था, इसलिए एक मर्द का सिर था।

"कल वे जिस वक्त बोल रहे थे, मैं अपने कमरे में थी, पर आवाज़ इतनी ऊंची थी, मेरे कमरे में आ रही थी। पर इस बात का कुछ नहीं। मुझे पता है, वे सारी उम्र भी लगे रहें तो भी ममी को नहीं मना सकते। पर कल वे पापा के बारे में कुछ कह रहे थे..."

"पापा के बारे में?"

"वे ममी को कह रहे थे कि ममी सारी उम्र ज़िन्दगी से डिपराइव्ड[2] रही थीं, क्योंकि पापा होमो थे। यह होमो क्या होता है?"

देर हो गई, उसकी डायरी पढ़ी थी—उसमें सब कुछ उदास था, पर

1. वे मेरी मां से सब कुछ हथियाना चाहते हैं।
2. वंचित

सब कुछ चुप था। इसको मैंने उस तरह ही ले लिया था, 'जिस तरह यह था। इससे ज़्यादा कुछ मैंने जानना नहीं चाहा था। पर अब यह जाना गया था...

यह जानकर—मेरी आंखों में जमी हुई जानने की एक अचेतसी तह-शायद हिल गई थी।

'उसका मुंह' और प्रत्यक्ष-सा हो गया। अब डायरी के भरे सफों में भी उसे देख सकता था और खाली सफों में भी। पर यह नहीं कह सकता था कि उसे ऐसे देखकर और उदास नहीं हो गया था। लगा, आंखों में जो कुछ प्रत्यक्ष हो गया था, वह बड़ा अप्रत्यक्ष बनकर मेरे भीतर उतर गया था...

तरीज़ा को उसकी बात का जवाब देना था। इसीलिए दिया। लफ़्ज़ों को जहां तक 'माइल्ड' कर सकता था, किया। यह नहीं चाहता था कि उसके मन में उसके पापा का व्यक्तित्व हल्का पड़ जाए, इसलिए यह भी कहा, "आदत अच्छी नहीं, पर उन्हें किसी वक्त किसी कमज़ोर घड़ी में पड़ गई होगी। पर एक किसी बुरी आदत का मतलब यह नहीं होता कि उस आदमी का सब कुछ बुरा हो जाता है।"

"माई गॉड...आई नेवर इमेजिड..."

तरीजा ने इससे ज्यादा कुछ नहीं कहा। सिर्फ जाते हुए मेरी तरफ नज़र भरके ज़रूर देखा। उसकी आंखों में एक खामोश-सी इल्तिजा थी कि आज उसने मेरे कमरे में आकर जो भी बात मेरे साथ की थी, उसे यहीं रहना चाहिए था।

पगली...

तरीज़ा के जाने के बाद पता नहीं किस वक्त दिन ढल गया था, कमरे की बत्ती जलाने का ख्याल उस वक्त आया था, जिस वक्त बाहर बरामदे में से आते रावल की आवाज़ आई थी, "ओ मिस्टर आउट ऑफ डेट!" वह हमेशा यही कहकर आवाज़ देता है। मैं हमेशा ही हंस देता

हूं। मुझे उसकी 'हस्की'[1] आवाज़ अच्छी लगती है।

जावेद भी उसके साथ था—कहीं जैम सैशन पर जा रहे थे। कोई और दिन होता, शायद चला जाता, पर उस दिन बिल्कुल नहीं जा सकता था।

"यू आर लॉस्ट आर्टिकल इन द पोस्ट ऑफिस,"[2] आखिर जावेद ने कहा और मुझे ले जाने का पीछा छोड़ दिया।

फिर पता नहीं किस वक्त मैं सो गया था, रात की रोटी नहीं खाई थी। एक अजीब तसव्वुर था, जो सपने की शक्ल में सारी रात मुझे दिखता रहा था—सूरज से किरणें झर रही थीं...नीचे धरती पर गिर रही थीं... जिस तरफ भी कोई किरण गिर रही थी, मैं उस तरफ ही दौड़ रहा था और किरणों को मैं जलती-बुझती तीलियों की तरह उठा-उठाकर दोनों हाथों में पकड़े जा रहा था...

आई थिंक इट इज द सैनिटी ऑफ मडनैस![3]

लगा—रात एक लम्बी सड़क की तरह थी। पर सारी सड़क टूटी हुई। थोड़ी-थोड़ी देर बाद टूटी हुई जगह पर से छलांग-सी मारनी पड़ती थी। सड़क का कुछ हिस्सा फिर बड़ा समतल आ जाता था, पैर लगातार चलते जाते थे, पर फिर सड़क पर पड़े हुए एक बड़े सारे गढ़े की तरह कुछ आ आता था...

यह शायद जनवरी की बात थी। फिर फरवरी हो गई। मैं रात की लम्बी सड़क पर चलता रहा। रात एक थी, पर हर रात के टुकड़ों में टूटी हुई। बीच में रोज़ एक दिन आ जाता था, जिसे एक छलांग-सी मारकर लांघना पड़ता था..

सूरज और सूरज में भी फर्क होता है, यह मैंने तब देखा था। हर रोज़ जो सूरज हम सब देखते हैं, वह आसमान पर बहुत फैला हुआ और पसरा

1. भर्राई हुई 2. तुम डाकखाने में कोई गुमनाम चीज़ हो।

3. मेरे ख्याल में यह दीवानगी का सयानापन है!

हुआ होता है। जिस तरफ देखो, वहां ही वह दिखता है। इतना कि हर जगह पर वह दखलअन्दाजी करता है, दूसरों को हीन-सा करता भी। पर जो सूरज मैं तब रातों को देखता था, वह सारे आसमान पर एक कोने में अकेला बैठा होता था। उसक निजी अस्तित्व था—छोटा सा। और वह किसीके भी निजी अस्तित्व को लघुआता नहीं था। चारों तरफ रात का अंधेरा होता था। वह अंधेरे में भी कोई दखल नहीं देता था, सिर्फ अपने बैठने वाली जगह को अपनी रोशनी से धो लेता था...

मैं धरती पर घूमता सिर्फ उसकी किरणें चुनता था। कई बार कोई किरण किसी बड़ी मुश्किल-सी जगह पर जा गिरती थी—किसी फिसलते ढलान पर...या एक बड़े गहरे गढ़े में...या पानी के एक गहरे जोहड़ में...या बड़े कीचड़ में...

पर मुझे किरण ज़रूर पकड़नी होती थी, कई बार मेरे घटने छिल जाते थे, या सारी लात कीचड़ में घुस जाती थी...

वहां कभी कोई जीव-जन्तु मैंने नहीं देखाथा। रोज़ अकेले दौडने की और किरणों को चुनने की मुझे आदत-सी पड़ गई थी; और फिर एक बार मैंने देखा, मैं अकेला नहीं था। एक साये जैसा वहां कोई और भी था। मेरे पास नहीं, पर दूर एक झांवले की तरह दिखता। किरणें गिर रही थीं, मैंने सोचा कि मेरी तरह शायद वह साया भी किरणें चुनेगा; पर किरणें गिरती रहीं, उसने एक भी किरण नहीं चुनी। एक बिल्कुल उसके पैरों के पास जा गिरी थी, पर मैं देखता रहा, उसने पैरों के पास गिरी हुई किरण भी नहीं पकड़ी थी...

पर मुझे वह पकड़नी थी, इसलिए जल्दी से चलता हुआ उस तरफ गया। साया उस वक्त भी अपनी जगह पर था, किरण उस वक्त भी उसके पैरों के पास गिर पड़ी थी। जब मैं बहुत नजदीक पहुंचा, ठिठक गया। किरण के हल्के-से उजाले में उस साये को पहचान सकता था।

देखता रह गया...

वह मुस्करा पड़ी। बोलने की पहल भी उसने की:

"मिस्टर मलिक! रोज़ ये किरणें तुम किसलिए चुनते हो?"

"रोज? आपको किस तरह पता है?"

"मैं रोज़ देखती हूं।"

"आप यहां रोज़..."

"मैं रोज़ रात को यहां ही कहीं होती हूं..."

मीलों तक रात थी, वीरानी थी। वह बिल्कुल मेरे सामने थी—मेरे और उसके बीच थोड़ा-सा फासला था, और उस फासले में एक किरण गिरी हुई थी...

"क्या करोगे किरणें चुनकर?" उसने फिर पूछा।

"पता नहीं।" मैंने सिर झुका लिया।

मैंने झूठ नहीं कहा था, मुझे सचमुच पता नहीं था कि मैं यह किरणें चुनकर क्या करूंगा...

कुछ सोचकर नहीं चुनता था। बस, गिरती देखता था, इसलिए चुन लेता था। पर उस वक्त जब उसने सवाल पूछा, मुझे लगा कि मैं इन्हें सचमुच किसी काम के लिए चुन रहा था, और इकट्ठा कर रहा था। मुझे लगा कि बहुत-सी किरणें इकट्ठी करके मुझे उस बुत में डालनी थीं, जो बुत उसने बरसों से बनाकर रखा हुआ था, पर उसमें जान नहीं पड़ी थी...

मुझे एक तसल्ली-सी हुई कि मुझे जवाब पता लग गया था। पर मैं यह जवाब उसे अपने मुंह से नहीं बता सकता था। इसलिए चुप था।

"तुम्हें एक बात बताऊं?" उसकी आवाज़ आई। जवाब में सिर उठाकर उसकी ओर देखने लगा।

"हर इन्सान एक सूरज होता है।" उसने कहा, फिर चारों ओर रात के अंधेरे को देखती, और फिर आसमान के एक कोने में बैठे हुए सूरज को देखती हुई कहने लगी, "इन्सान धरती और आसमान को रोशन नहीं कर

सकता, सिर्फ अपनी चप्पा-सी जगह पर ही उसका हक होता है...”

“इस सूरज की तरह?” मुझमें बोलने का एक जेयरा-सा हुआ।

“हां, इस सूरज की तरह।”

“पर इसकी किरणें रोज़ झरती हैं।”

“इन्सान की भी सारी सोचें, सारे ख्याल, सारे सपने उससे रोज़ भरते हैं।”

“पर वह...”

“नहीं, टूटी हुई किरणों को चुनने से कुछ नहीं बनता। ये तिनकों की तरह हो जाती हैं। चमकती हैं, गर्म भी होती हैं, पर फिर भी तिनकों की तरह होती हैं।”

मैंने उसके और अपने पैरों के बीच गिरी हुई किरण को पकड़ने के लिए हाथ बढ़ाया था, पर फिर उसे पकड़ा नहीं।

“मैंने सोचा था...” कहता-कहता चुप हो गया।

“तुमने क्या सोचा था?” उसने धीरे-से मुस्करा के पूछा।

“बता दूं?”

“बता दो, वसे मुझे पता है।”

“आपको पता है?”

एक पल हैरानी-सी हुई, कुछ घबराहट भी, पर दूसरे पल मैंने अपने-आपको यकीन दिलाया कि उसका अन्दाज़ा कभी भी ठीक नहीं हो सकता।

“तुम सोचते हो कि ये किरणें जोड़कर तुम मेरे मिट्टी के बुत में डाल दोगे तो बुत में जान पड़ जाएगी?”

मुझे नहीं पता, उसने यह सब कुछ कैसे जान लिया था; पर जान लिया था और मुंह से कह भी दिया था।

“अच्छा, जो मैं यही सोचता होऊ?” अब मैं कह सकता था।

“सोचने से कुछ नहीं बनता, मैं यह करके देख चुकी हूँ।” वह हंस-

सी पड़ी।

"आप..."

"मैं भी तुम्हारी तरह, बरसों हुए, इसी तरह रोज रात को यह किरणें चुनती रही थी।"

"मेरी तरह?"

"एक उम्र होती है, जब ये किरणे चुनने को जी करता है। सिर्फ जी ही नहीं करता, विश्वास भी होता है कि यह मिट्टी के बुत को भी छुआएंगे तो उसमें जान पड़ जाएगी—पर किसी बुत में जान नहीं पड़ती।"

मैंने सिर झुका लिया। हाथ में पकड़ी हुई किरणें भी नीचे फेंक दी। उसके और मेरे बीच में किरणों का एक ढेर-सा लग गया...

कहीं-कहीं कोई किरण अब भी सूरज से झड़ रही थी। और फिर एक किरण गिरी, बिल्कुल उसके कान के पास, और उसके बालों में अटक गई...

देख रहा था—एक आग की कली-सी उसके बालों में टंकी लग रही थी...

यह मेरा सपने में उसके साथ हुआ पहला मेल था। इसने बहुत कुछ दिया था, पर एक शाप-सा भी। क्योंकि उसके बाद मुझे किरणें चुनने का सपना फिर नहीं आया।

मैं पहुंचा कहीं नहीं, पर रात की सड़क खत्म हो गई लगती है, या किसी जगह से इतनी टूट गई है कि शायद उसके आगे आ गए दिन की किसी खाई में गिर पड़ा हूं...

यह सफेद दिन जैसी चेतनता है—कांशसनेस...

बड़ी होशमन्दी से मैंने एम० एस-सी० का इम्तिहान दिया है। यह भी शक नहीं कि मैंने कहीं कसर रखी है। पर इस सब कुछ को लेकर मुझे कहीं पहुंचना है, यह बात खत्म हो गई। एक चेतनता है, पर गहरी खाई की तरह...

कभी कुछ पल ऐसे होते हैं, जब मैं इस खाई में से निकलकर फिर अपनी पुरानी सड़क पर चल सकता हूं। क्योंकि जागृति और सपना एक चीज़ का सीधा और उल्टा तरफ होता है। तब मैं रात को जो कुछ अपने ऊपर ओढ़ता था, उसका सीधा तरफ, सपनों। वाला तरफ, बाहर को होता था और जागृति वाला अन्दर को। पर अब किसी पल उसे उल्टा करके ओढ़ लेता हूं—सपनों वाला तरफ अन्दर को और जागृति वाला बाहर को...

तो फिर वह पल देख सकता हूं...उसके कान के पास उसके बालों में, आग की एक कली टंकी हुई है...

कई बार ज़िद-सी होती है कि मैं उसके बालों में से आग की कली उतारकर, फूल की कली क्यों नहीं टांक सकता?

पर फिर मेरी ज़िद मेरे सामने हार-सी जाती है...

मेरे सामने नहीं, उस चीज़ के सामने, जिसको देखकर और भुगतकर उसने कहा था कि टूटी हुई किरणों को चुनने से कुछ नहीं बनता...

उसकी आवाज़ का एक टुकड़ा, उसके होंठों पर आई मुस्कराहट का एक टुकड़ा, और उसकी आंखों से निकलकर सीधा मेरे मुंह पर पड़ी उसकी नज़र का एक टुकड़ा, मेरे दिमाग में पड़े हुए है...

कभी सोचता हूं—यह तिकोन पत्थरों की तरह क्यों नहीं? यह कहीं मुझे चुभते या कहीं से मुझे छीलते क्यों नहीं! इनकी दी हुई पीड़ा से कराहकर देखना चाहता हूं...

नहीं, किसी अंग में कोई पीड़ा नहीं, सब अंगों में एक अलसाहट है। पर यह पतली धुंध जैसी अलसाहट पता नहीं कहां से आई है! शायद अचेतनता की सड़क पर चलते, चेतनता की जिस खाई में गिर पड़ा हूं, यह उसी खाई में से उठती धुंध है...या जिस दर्द को मैं टीस की शक्ल में नहीं देख सकता, यह उस दर्द की खूशबू है...

नींद और जागृति को मैं काले और सफेद रंग की तरह दो अलग-

अलग शीशियों में नहीं डाल सकता। जागता हूं तो नींद का एक टुकड़ा मेरी जागृति में भी शामिल रहता है, सोता हूं तो जागृति का एक टुकड़ा मेरी नींद में खड़ा रहता है...

होशमन्दी का यह टुकड़ा पता नहीं इतना 'अलर्ट'[1] क्यों है...

आई सपोज़ इट इज़ एफरेड ऑफ मी[2]...नहीं, मुझसे डरने वाली कौन-सी बात है! मेरा ख्याल है, यह नींद से डरता है। यह सोचता है कि नींद इसको ओवर पावर कर जाएगी...

शायद यह नींद को उस घड़ी की तरह सोचता है, जिसे रोज़ एक चाबी लगानी चाहिए। और सोचता है, अगर वह उसे चाबी लगाना भूल गया तो वह रुक जाएगी...

यह शायद वक्त से नहीं डरता, वक्त की लाश से डरता है...

पर पता नहीं, यह क्यों डरता है! लाश सिर्फ इन्सान की भयानक होती है, वक्त की नहीं होती। लोग इन्सान की लाश को देखकर नाक के आगे रूमाल रख लेते हैं, पर वक्त की लाश को वे बड़े शौक से सूंघते हैं!...

इतिहास में इस लाश की बड़ी तेज़ बू होती है, पर लोग सिर्फ सूंघते नहीं, दूसरों को भी सुंघाते हैं। वे हर जगह पर और हर मौके पर इतिहास की कोटेशन्ज़[3] देते हैं...

लोगों को पास्ट में भी इसकी गंध होती है, और इस गन्ध को वे अपनी यादें बना लेते हैं...

सिर्फ यादें नहीं, वे लाश से मांस का टुकड़ा उतारकर उसकी 'सावेनियर' भी बनाते हैं...मरे हुओं की चीजें संभाल-संभालकर रखते हैं।

नहीं, वक्त की लाश भयानक नहीं होती। इसलिए हो सकता है कि मेरी होशमन्दी का यह टुकड़ा वक्त की लाश से नहीं डरता, वह अपनी लाश से

---

1. चौकन्ना 2. मेरा ख्याल है, वह मुझसे डरता है। 3. उद्धरण

डरता है...

आल राइट—जो वह इस तरह डरता है, तो मैं उसकी कुछ मदद कर सकता हूं। ऐसे मैं उसकी रोज़ मदद करता हूं—वह मुझे कॉलेज जाने के लिए कहता है, मैं चला जाता हूं; वह रोटी खाने के लिए कहता है, खा लेता हूं; और जो भी कहेगा, कर दूंगा...

पर मेरा ख्याल है, वह इतना मासूम नहीं, जितना मैं सोचता हूं। मुझे सोच-समझकर उसका कहा मानना चाहिए। अभी तक उसकी गेम बड़ी इन्नोसेंट लगती है, पर इस बात का क्या यकीन कि वह हमेशा इस तरह ही रहेगी? वह कई बार अपने-आपको 'सीक्रेट ऑफ एग्ज़िसटैंस'[1] कहकर बड़ी ज़ोर से हंसता है। ही इज़ ए लिटिल डेवल—नहीं, ही इज़ बिग डेवल। कई मिसालें मेरे सामने हैं। सारी दुनिया इन मिसालों से भरी हुई है। ही प्लेज़ ए वेरी डस्टी गेम विद पीपल...उसे सिर्फ अपने जीने से मतलब है, और किसी चीज़ से कोई मतलब नहीं। धीरे-धीरे वह लोगों की मिन्नत, मोहताजी छोड़ देता है, और लोगों के सिर पर सवार हो जाता—है और फिर वह लोगों के छोटे सिरों में उतर जाता है। दुनिया को अमीरों और गरीबों की श्रेणी में सिर्फ उसीने बांटा है। हाकिमो और गुलामों की श्रेणी में उसीने बांटा है। वह कभी लोगों को धर्म का वास्ता देता है और उन्हें ललकारकर अपने आगे लगा लेता है। कभी किसी 'इज़्म' की अफीम उन्हें खिलाता है और लोग उसी नशे में उसका कहा माने जाते हैं। वह कभी 'पावर' की शराब उन्हें पिलाता है, तो लोग उसके कहने पर जंग के हथियार हाथों में पकड़ लेते हैं।

वाट ए क्रूअल गेम[2]... लोग मरते भी हैं—मारते भी हैं, पर समझते हैं कि उनके अस्तित्व के लिए यह सब ज़रूरी है—जीते हों तो ताकत की शक्ल में, मर जाएं तो शहीदों की शक्ल में।

खैर-जब तक वह मेरे साथ सीधी-सादी गेम खेलता है, ठीक है, पर जब

---

1. अस्तित्व का रहस्य 2. कैसा क्रूर खेल है!

उसने कोई भी चालाकी की—आई विल सिम्पली लॉफ ऐंड आस्क हिम गो टू हेल...[1]

इसी 'सीक्रेट ऑफ. एग्ज़िसटैंस' की भयानक खेल को सोच रहा था कि तरीज़ा आई थी। इसी सोच की जैसे गवाही देने आई थी।

बहुत चुप थी, पर होंठ इस तरह कसे हुए थे, जैसे उसके होंठों को इस चुप पर गुस्सा आ रहा था।

"तुम्हें पता है, शकुन्त एक महीने की छुट्टियां लेकर घर चली गई है?" उसने आखिर अपनी खामोशी तोड़ी थी, पर उसका माथा इस तरह कसा हुआ था, जैसे वह इस चुप को तोड़ने पर उससे नाराज़ था।

"शकुन्त कौन?" मुझे न शकुन्त के बारे समझ आई थी, न तरीज़ा के गुस्से की।

"वह लड़की, जिसे ड्राइवैल पार्टी वाले दिन सारे मिस शार्ट स्टोरी कह रहे थे।"

"अच्छा, नहीं, मुझे नहीं पता।"

वह कुछ दिनों से बीमार थी, इसलिए उसकी मां आकर उसे होस्टल से ले गई है।"

"पर इसमें हैरानी वाली या गुस्से वाली क्या बात है?"

"उसकी मां उसे पहले यहां किसी डाक्टर के पास ले गई थी, फिर उसने एक महीने की छट्टी के लिए अरजी दे दी कि डॉक्टर ने उसका ऑपरेशन बताया है।"

"फिर?"

"कुछ नहीं...इट इज ऑल डिसगसटिंग।"

"यह सच नहीं?"

"सच है, पर पीकिंग स्टाइल सच।"

तरीज़ा गुस्से में भी थी, खीझी हुई भी थी, पर मुझे उसके फिकरे

1. मैं हंसूगा और उसे जहन्नुम जाने को कहूंगा।

पर खिलखिलाकर हंसी आ गई। स्टूडैंटस् चाहे पॉलिटिक्स से कितना भी दूर रहें, पर चारों तरफ घटने वाली घटनाएं हवा में जर्म्ज़[1] की तरह मिल जाती हैं।

"यह हंसने वाली बात है?"

"मैं बात पर नहीं, तेरे कहने के अन्दाज़ पर हंस रहा हूं। मेरा ख्याल है कि तू बहुत अच्छी जर्नलिस्ट बन सकती है। बात नहीं, बात को कहने का अन्दाज़ जर्नलिज्म होता है..."

"अगला चाहे मरता रहे, पर जर्नलिस्ट बात का अन्दाज़ ढूंढता रहे।"

"तने आज की अखबार देखी थी?"

"नहीं, कोई खास बात थी?"

"बड़ा बढ़िया हैडिंग था—'चाइना कल्चर पर इण्डियन कल्चर की विकट्री'..."

"और क्या लिखा हुआ था?"

"इंग्लैंड में कुछ दिनों से लड़के माओ जैकेट पहन रहे थे, और खबर थी कि अब उन्होंने उसकी जगह नेहरू जैकेट पहननी शुरू कर दी है।"

तरीज़ा मुस्करा पड़ी, उसका रौ कुछ स्वाभाविक-सा हो गया। इसलिए मैंने कहा—"दिस इज़ जर्नलिज्म, यू मस्ट एप्रिशिएट।"[2]

"हां, पर मैं इस वक्त जर्नलिस्ट बनकर बात नहीं कर रही। वह मेरे साथ पढ़ती थी, मुझे सचमुच एक दुःख है, उसपर गुस्सा भी आ रहा है, पर गुस्सा सिर्फ उसके ऊपर नहीं, उस लड़के पर भी आ रहा है..."

"किस लड़के पर?"

"जिसकी वजह से यह सब कुछ हुआ है। आप ओम को शायद नहीं जानते, वह आर्ट कर रहा है। होस्टल का लड़का नहीं।"

---

1. कीटाणुओं 2. यही पत्रकारिता है, तुम्हें इसकी तारीफ करनी चाहिए।

"उसे इस बात का पता है?" मैंने पूछा। अब मुझे तरीज़ा की खीझ का पता लग गया था।

"बिल्कुल पता है, पिछले दिनों में वह शकुन्त के साथ शादी का इकरार भी करता रहा था; पर जब बात सामने आई, तो वह साफ मुकर गया। शकुन्त की मां ने जब उसे बुलाकर बात की, वह उल्टा बोलने लगा कि शकुन्त अच्छी लड़की नहीं थी, वह एक अमीर आदमी का लड़का था, इसलिए उसे ज़बर्दस्ती 'हुक' कर रही थी।"

"इट इज़ रीअली सैड।"[1]

"सैड? इट इज़ हॉरिबल।[2]

तरीज़ा कुछ देर चुप रही, फिर बौखला-सी पड़ी। उसकी शक्ल ऐसी हो गई थी, जैसे वह एक लड़की नहीं रह गई थी, लड़की का प्रेत बन गई थी। आपको पता नहीं, वह कितनी शार्प थी। बात कितनी लम्बी हो, वह एक फिकरे में कह सकती थी। इसीलिए उसका नाम जावेद ने मिस शार्ट स्टोरी रखा था। पर उसका सब कुछ ओम के एक ही फिकरे के साथ खत्म हो गया..

और तरीज़ा ने, हांफ-सी गई ने, कहा—"एग्ज़िसटैंस सिर्फ अपनी ज़रूरी होती है? दूसरे की नहीं? एक की एग्ज़िसटंस दूसरे की लाश पर से गुजरकर ही कायम रह सकती है?"

जवाब में क्या कह सकता था? लाश-इन्सान की हो या कीमतों की-दुनिया में कितने एक पैर हैं, जो लाशों पर से नहीं गुजर रहे...

'एग्जाइल्ड'[3] अचानक यह लफ्ज़ मेरी ज़बान पर आया है और फिर वहीं खड़ा हो गया है—एक सॉलिड टुकड़े की तरह। शायद च्यूइंगम की तरह, क्योंकि मेरी ज़बान इसे धीरे-धीरे चूस रही है और इसकी फ्लेवर मेरे भीतर उतर रही है...

---

1. यह सचमुच अफसोस की बात है। 2. अफसोस की बात? यह तो वास्तव में भयानक है। 3. जलावतन

अब मैं समझ सकता हूं कि एग्ज़िसटैस का भयानक सीक्रेट मेरे साथ क्यों कुछ नहीं कर सकता—मैं उसकी हद से परे हूं, मैं जलावतन हूं...

मैंने अभी अपने ट्रंक में से पुरानी एलबम निकाली थी, बहुत-सी मेरी ही तस्वीरें थीं, मैं देखता रहा। शक्ल कुछ पहचानी-सी लगती थी, पर इस तरह, जैसे जिसकी भी वह शक्ल थी, वह मेरा बहुत परिचित नहीं था। एलबम में मां की तस्वीर भी थी, बाप की तस्वीर भी। मैंने कोशिश की कि तस्वीर में से हिलकर और उसमें से निकलकर कुछ मेरी तरफ बढ़ आएं, और मैं उनके अस्तित्व को महसूस कर सकूं, पर कुछ नहीं हुआ। वे चुपचाप तस्वीरों में बैठे रहे...

यह दिन का तीसरा पहर है शायद। लगता है, यह जिन्दगी का भी शायद तीसरा पहर है। और सारे चार पहर ही होते है...

चौथा पहर भी किसी न किसी तरह बीत ही जाएगा...

चौथा पहर

एक दिन नलिन ने सबकी एक 'अरजेण्ट मीटिंग' बुलाई थी। कमरा मेरा चुना था। दफ्तरी कार्यवाही की तरह टाइप किया हुआ कागज़ था, जिसके नीचे 'एजेंडा' लिखा हुआ था—'टु कन्सोल मिस मिस्ट्री'।

उस लड़की का नाम शायद मोनिका है, वैसे मोनी कहके बुलाते हैं। पता लगा कि मोनी के घर से मां-बाप का खत आया था कि उन्होंने उसके ब्याह का सब कुछ पक्का कर लिया था। ब्याह इम्तिहान के बाद होगा, पर सगाई की रस्म के लिए उन्होंने मोनी को एक दिन के लिए इलाहाबाद बुलाया था।

नलिन मुस्करा रहा था, मोनी चिढ़ी हुई उसकी तरफ देख रही थी।

किसी-किसी वक्त बौखलाकर कह देती थी—"—यू डैविल

"हां, मैं डैविल हूं, सो यू मस्ट मैरी एन एंजल।"[1]

"यू शट अप।'

लफ्ज़ खौल रहे थे। बात का सिर-पैर पता नहीं लग रहा था। शीला बाकी की लड़कियों में से मोनी की ज्यादा सहेली है। आखिर मैंने उससे पूछा कि बात क्या थी।

"हां, मिस स्टेटमैण्ट सारी बात बताएगी।" जावेद ने हामी भरी।

शीला बोलने लगी तो केवल ने धीरे से कह दिया, "प्लीज़! ज़रा ख्याल रखना, स्टेटमैण्ट लम्बी न हो। बी ब्रीफ।" शीला चिढ़ गई। बोली नहीं।

"बात यह है," आखिर नलिन कहने लगा, "कि मोनी के माता-पिता, जो हर तीसरे महीने एक लड़का ढूंढ लेते हैं।"

"डिस्कवरी ऑफ ब्राइडग्रूम्ज़।" जावेद बोला।

मोनी का गुस्सा और तेज़ हो गया। हंसी छिड़ गई तो शीला का गुस्सा इतनी देर में उतर गया था, उसने बात बताई कि मोनी के माता-पिता जो भी लड़का ढूंढ़ते हैं, मोनी को पसन्द नहीं आता। पिछली बार उन्होंने एक बड़े अमीर मिल मालिक का लड़का ढूंढ़ा था। मोनी ने कह दिया था, 'आई काण्ट बी ए पीस ऑफ फर्नीचर इन हिज़ ड्राइंगरूम!'[2]

"और इस बार?" याद नहीं किसने पूछा था।

"इस बार मिलिटरी का एक अफसर है।" शीला ने जवाब दिया और बताया—"इस बार मोनी कहती है—'आई काण्ट बी ए पार्टी डॉल।'[3]

---

1. हां, मैं शैतान हूं, इसलिए तुम्हें किसी फरिश्ते से शादी करनी चाहिए।
2. मैं उसके ड्राइंगरूम का फर्नीचर नहीं बनना चाहती।
3. मैं दावतों में जाने वाली गुड़िया नहीं बनना चाहती।

"कहीं इश्क का ज़ख्म तो नहीं खा लिया?" केवल मोनी की तरफ भी देख रहा था और नलिन की तरफ भी।

"जो ऐसी बात है तो ब्याह की पुल्टिस बहुत जल्दी बांध देना चाहिए। आखिर मैं रोड स्कालर हूं। मैं हर मर्ज़ का इलाज बता सकता हूं," राहुल दीवार के पास बैठा हुआ था, पर यह बात कहता हुआ वह आगे होकर बैठ गया और हाथ आगे करके मोनी को कहने लगा, "बीबी, ज़रा अपनी नब्ज़ दिखाओ।"

जावेद की हंसी सबसे ऊंची थी। राहुल बिल्कुल नहीं हंस रहा था, और कह रहा था, "यह आज़माई हुई बात है। एक राजा की बेटी इसी मोनी की तरह थी। राजा उसके लिए जो भी राजकुमार ढूंढ़ता, वह रोना शुरू कर देती। आखिर मेरे जैसे एक हकीम ने एक इलाज ढूंढा। मोनी की तरह वह भी नहीं बताती थी कि आखिर वह चाहती क्या थी। उसने राजकुमारी की नब्ज़ पर उंगली रखी और कहने लगा कि इस देश के सब खूबसूरत नौजवानों के नाम गिनो। आखिर उसने जान लिया कि एक खास नाम को लेते ही नब्ज़ तेज़ हो जाती थी। सो, मैं मोनी की नब्ज़ देखता हूं और शीला जी, तुम धीरे-धीरे सबके नाम बोलो। मिस्टर मलिक...जावेद...केवल...नलिन...और मेरा नाम भी ले देना, हालांकि मुझे उम्मीद नहीं..."

मोनी ने गुस्से में आकर राहुल का आगे किया हुआ हाथ मरोड़ा और उठकर कोने में जा बैठी।

"यह इश्क इश्क है—इश्क-इश्क..." केवल ने कव्वाली गाने के अन्दाज़ में कहा, और फिर कहने लगा, "भई स्वयम्वर क्यों न रचा लिया जाए; हम सब तैयार होकर बैठ जाते हैं, मोनी जिसके गले में जयमाला डालनी चाहे, डाल दे।"

तरीज़ा अभी तक चुप थी। एकदम खिलखिलाकर हंस पड़ी और गाने लगी :

"आई सी द ब्राइडग्रूम बिहाइंड ए कुशन..."[1]

नलिन ने एक कुशन अपने घुटनों पर रखा हुआ था, सबकी नज़र जब उसकी तरफ हुई तो वह खिलखिलाकर हंस पड़ा।

"तुम्हें पता है, यह हिप्पी स्टाइल ब्याह का गीत है," तरीज़ा कह रही थी और बता रही थी—'असली गीत है, आई सी द ब्राइडग्रूम बिहाइंड द ट्री," अमरीका में इस तरह के ब्याह कई जगह होते हैं। एक बाग में सब चले जाते हैं, लड़का एक पेड़ के पीछे खड़ा हो जाता है। लड़की यू ही इधर-उधर घूमती रहती है। फिर अचानक उसकी सहेलियां पेड़ की तरफ देखती हैं और गाना शुरू कर देती हैं। फिर एक जनी पेड़ के पीछे खड़े लड़के की बांह खींचकर उसे सामने ले आती है। और बस, ब्याह हो जाता है..."

"यू-ए कनिंग फाक्स," नलिन तरीज़ा को कह रहा था और हंस रहा था।

"फिर यह सारी मुसीबत किस बात की है? मोनी अपनी माताजी को खत लिख दे और बस..." राहुल कह रहा था।

"मेरे खत लिखने से क्या होता है..." मोनी दीवार के पास बैठी हुई गुस्से में खौल पड़ी थी।

"हॉट रेड मामा, पेल मून मामा..." नलिन कुशन को पैरों के नीचे रखकर खड़ा हो गया और गाने लगा।

"मां से डर लगता है?" जावेद ने मोनी की बांह खींचकर उसको दीवार से इधर कर लिया, और कहने लगा— "तू डरती क्यों है, हम सारे नलिन के पीछे बाराती बनके चल पड़ते हैं। मेरा मतलब है, ये सारे बाराती बन जाएंगे, पर मैं सहबाला बनू गा..."

मोनी ने जावेद को कुछ कहने की जगह, घूरकर नलिन की ओर देखा।

नलिन ने—'हॉट रेड मामा...' वाला गीत बीच में छोड़ दिया और गम्भीर होकर खड़ा हो गया और कहने लगा :

1. मैं दूल्हे को कुशन के पीछे देख रही हूं।

"घोड़ी-बारात...ढोलक-ढमाका...बैंड-बाजे...यह सब ब्याह जैसी चीज़ की वल्ग्राइजेशन हैं। आई कांट बी दैट वल्गर।"

"और घोड़ी-बारात न सही—उसके बगैर भी तो..." शीला कह रही थी।

नलिन कुछ देर चुप रहा। वह अपनी खामोशी में हमेशा असली होता है; क्योंकि इस खामोशी के बाद वह जो कुछ कहता है, अपने-आपको लफ्ज़ों में ढालकर कहता है।

'पीपल मैरी इन ए हरी, मेक चिल्डरन एट रेंडम, मीट पीपल इन कैफ्रेज़, एट वेडिंन्ज़, एट फीउनरल्ज़..."[1] नलिन कह रहा था।

जावेद ने बात काटकर कहा, "ऐंड दैट मेक्स ए सोसाइटी।"[2]

"तो फिर इस सोसायटी के मेम्बर जब चालीस सालों के होने लगते हैं तो असूल गढ़ते हैं, मुहावरे गढ़ते हैं, और अपनी बेकार गई उम्र पर उनकी मोहर लगाकर दिखाते हैं कि उन्होंने महान आदर्श ज़िन्दगी बिताई है...'

नलिन कह रहा था, सबकी तरफ देखकर, पर ज़्यादा मोनी की तरफ देखकर—।

नलिन के ख्यालों का मुझे पता था। वैसे वे लफ्ज़ नलिन ने जहां से पढ़े थे और दोहराए थे, मुझे वह भी पता था। मैंने कुछ नहीं कहा। बात से सहमत होओ तो पराये लफ्ज़ भी अपने हो जाते हैं।

"आई लव मोनी, आई वांट हर एज़ ए फ्रैंड, मे बी लाइफ लौंग फ्रैंड प्लस..."[3]

---

1. लोग जल्दबाजी में शादी करते हैं, अनाप-शनाप बच्चे पैदा करते हैं, चायखानों में, शादियों में, शवयात्राओं में लोगों से मिलते-जुलते हैं।

2. और यही समाज है।

3. मैं मोनी से प्रेम करता हूं, मैं उसे एक मित्र की तरह चाहता हूं-आजीवन मित्र और साथ ही...

नलिन ने इतना-सा फिर कहा और चुप कर गया।

"मैं यह समझ सकती हूं, पर मेरी मां नहीं समझ सकती..." मोनी की आवाज़ उस कमरे में भी थी, कमरे से दूर भी थी।

"केवल कालिदासजी! मां के नाम कोई संदेश रचो।" राहुल ने कहा और कमरे की भारी हो गई फिजां को कुछ हिलाया।

"देख मोनी! सीधी-सी बात है, तुझे नलिन चाहिए, तो इसे इसी तरह लेना पड़ेगा, जिस तरह यह है।" शीला कह रही थी।

"मोनी, यू कांट मेक ए आर्डनरी ब्राइडग्रूम आउट ऑफ हिम।"[1] जावेद ने फैसले की तरह कह दिया था।

"आई डौंट नो वाट टु डू!" मोनी ने सिर्फ इतना कहा और -चुप कर गई।

'मेरा ख्याल है, तू ब्याह करा ले, जहां मां कहती है। फिर कभी-कभी नलिन को टेलीफोन कर लिया करना, क्योंकि मिलिटरी वालों को टेलीफोन मुफ्त मिलते हैं..." तरीज़ा अचानक बोल पड़ी थी। इतना कोई नहीं चौंका था, जितना मैं। तरीजा से इतनी ज़हर में बुझी हुई बात की मुझे आशा नहीं थी।

'मजबूरी का नाम महात्मा गांधी है।" राहुल कह रहा था, शायद तरीज़ा की बात का जहर हल्का करने के लिए कह रहा था...

सब चले गए। जो कुछ किसीके मन में था, या जो कुछ किसीको समझ में आया था, वे कहते-सुनते रहे थे। मैंने कहा भी कुछ नहीं था, शायद सुना भी कुछ नहीं था—क्योंकि न नलिन की फिलासफी मेरे कानों तक पहुंची थी, न मोनी का...कानफ्लिक्ट... उदास हूं, सोच रहा था, 'मैं' भी तो मेरे कानों तक नहीं पहुंच रहा। नहीं तो मैं उसको सुन लेता, और फिर कुछ बोल लेता...

1. मोनी, तुम इससे एक मामूली दूल्हे जैसे व्यवहार की उम्मीद तो कर नहीं सकतीं।

...मैं शायद डायरी में लिखी हुई इबारत नहीं हूं, सिर्फ डायरी का खाली वरका हूं...उस दिन पता नहीं कैसे हंसी थी, जो मुझे अपने-आप पर आई। (ख्याल आया-जो मैं अपनी कोई डायरी लिखू 'क्या लिखू? कोई इबारत, कोई फिकरा, कोई लफ़्ज़ सामने नहीं था।) और मुझे लगा-जो मैं एक डायरी खरीदकर, उसके सारे सफे बिल्कुल खाली रहने दूं, तो मेरी बिल्कुल सही ज़िन्दगी होगी...मेरी आटोबायग्राफी...और जब कोई चाहे, मेरी आटोग्राफी के वरके गिन सकता है—मेरा मतलब है, गिन सकेगा (बॉर्न इन 1944—डाइड इन...) यह खाली जगह अभी भरनी है। सो बड़ा सीधा-सा हिसाब है, खाली जगह जब भर जाएगी, सारे वरके गिने जा सकेंगे। हर तवारीख में यह हिसाब देखा जा सकता है...

हिसाब के बारे में तवारीख से मेरा मतभेद है—सब इसे बरसों के हिसाब से गिनते हैं—फलाने की उम्र चालीस बरस, फलाने की उम्र पचास बरस, साठ बरस 'इसका मतलब है—उसकी जीवनी के चालीस वरके, पचास वरके, साठ वरके 'बायोग्राफी खाली होती है, पर छोटी नहीं होती। इसे बरसों, महीनों, और दिनों के हिसाब से नहीं गिनना चाहिए, इसे पलों के हिसाब से गिनना चाहिए—नहीं, सांसों के हिसाब से। एक सांस के बाद दूसरी सांस लेना, एक वरके को पलटकर दूसरे वरके पर जाने के बराबर है...

वैसे मैं यह नहीं सोचता कि कोई मेरी इस जीवनी को हाथ में पकड़े, और इसके वरके गिने। कोई किसलिए गिने.. लाखों-करोड़ों लोग होते हैं जिनकी जीवनियां, वरकों को गिनने के बिना ही दफना दी जाती हैं।

हां, कुछ लोगों की जीवनियां वरकों को गिनकर दफनाई जाती हैं, और वरकों का हिसाब अखबारों में भी छपता है :

...फलाने की ज़िन्दगी के पचपन सफे हैं। छप्पनवां सफा दमे से फट गया। दमे की जगह हवाई दुर्घटना भी हो सकती है, कुछ भी हो सकती है...

और खाली वरकों पर कारनामों के नाम पर भी कुछ न कुछ भर दिया जाता है। जैसे...

तीन बेटे दो बेटियां।

एक बीवी, जो अब बेवा है।

एक मिल, जहां अब हड़ताल है।

मिल की जगह एक कुर्सी भी हो सकती है, और जिसके बारे में अकसर यह भी कहा जाता है कि अब उस खाली कुर्सी को भरना बड़ा मुश्किल होगा। हालांकि उसके खाली होने से पहले ही उसकी तरफ कई लोगों की नज़रें लगी होती हैं। और बहुत मुमकिन यह भी होना था कि जो वह अभी कुछ दिन खाली न होती तो किसी न किसीने वह ज़बरदस्ती खाली करवा लेनी थी।

माई गॉड! मैं यह सब कुछ किसलिए सोच रहा हूं, आई एम ऐफरेड, आई एम बीकमिंग ए सिनिक...[1]

मेरा ख्याल है कि मुझे अपने हाथों के नाखून काटने चाहिए। नाखून बहुत बड़े हो गए हैं। ये खामखाह चीज़ों में गड़ रहे हैं...

अभी मैंने लोगों की बायोग्राफियों के जिस्म पर चुभाकर देखे. थे, और उनमें से खून निकल आया था...

खून शायद इन्सान की ज़िन्दगी की एकमात्र सच्चाई है। किसी भी इन्सान ने जो अपनी सही जीवनी लिखनी हो, तो उसको चाहिए —खाली कागजों पर खून मल दे।

खून से भीगे वरकों में यह साफ पढ़ा जा सकता है कि यह खून रोटी की फिकर में किस तरह सूखता रहा था। यह खुन पसीने की शक्ल में किस तरह बहता रहा था, यह खून हज़ार फिकरों में किस तरह सहमता रहा था, और यह खून जंग के मैदान में किस तरह बहता रहा था...और या नसों में बेकार

1. मुझे डर है, मैं सनकी होता जा रहा हूं...

घूमता रहा था...

इस खून का थोड़ी-सी नसों में ऐसे ही घूमते रहना भी इतना ही व्यर्थ है, जितना इसका रोज़ सूखना, सहमना और हर लड़ाई में बहना...

पर यह किसी एक की नहीं, सबकी जीवनी है। यह एक बहुत बड़ा ग्रन्थ है। ऋग्वेद को दुनिया की पहली किताब कहते हैं, यह गलत है। दुनिया की पहली किताब इन्सान की यह जीवनी है। पहली किताब भी यही थी, आखिरी किताब भी यही होगी...इससे वरके बराबर बढ़ते जा रहे हैं...

पर लोगों की वैनिटी अजीब चीज़ है। वे इस महान पुस्तक के सामने, बहुत छोटी और खिलौनों जैसी चीज़ों को रखते हैं, और इसकी सच्चाई को झुठलाते हैं...

सच्चाई को झुठलाने में ही शायद लोगों का भला है...

मुझे अपने हाथों के बढ़े नाखून काटने चाहिए...

पता नहीं लगता, आज जो कुछ हुआ है, उसे क्या कहं। सिर्फ एक हादसा कह दूं, या कुछ और कहूं? "मिस्टर मलिक, वाट आर यूअर कन्डीशन?" अभी तरीज़ा आई थी। सवालिया फिकरा उसके लफ्ज़ों के आगे लगा हुआ था, पर मुझे लगा था कि कोई जवाब देने की जगह, मैं एक बहुत बड़ा सवालिया फिकरा बनकर खड़ा हो गया था।

आज की तरीजा मैंने पहले नहीं देखी थी। पिछले कुछ दिनों में पता नहीं क्या हुआ था, लगता था, तरीज़ा की उम्र को रोज़ एक दिन नहीं चढ़ना चाहिए था, एक बरस चढ़ जाता रहा था...

"आई वांट टु मैरी यू, आई हैव टु मैरी यू, इट इज माई इनर कम्पलशन..."[1] उसने एक ही सांस में कह दिया।

लग रहा था, अपनी और मेरी तकदीर को वह मुट्ठी में पकड़कर

1. मैं आपसे शादी करना चाहती हूं, मुझे आपसे शादी करनी होगी, यह मेरी आंतरिक विवशता है...

आई थी...

"तरीज़ा!" मुश्किल से यही कह सका।

वह कमरे में खड़ी नहीं थी, धूप की तरह चढ़ी हुई थी—निर्मल भी और निस्संकोच भी।

धूप से बचने के लिए मेरे पास बदन के ओढ़ने के सिवा कुछ नहीं था—मैं उसी में लिपटा जा रहा था...

नहीं, अपने-आपको ही नहीं, जो कुछ मेरे बिल्कुल भीतर था, मैं उसे धूप से बचा रहा था...

तरीज़ा ने बताया कि उसके अंकल ने आजकल कोई अपनी मरजी का लड़का ढूंढ़ा हुआ था, और उसके साथ तरीज़ा के ब्याह के लिए ज़ोर दे रहे थे; पर तरीज़ा को और उसकी ममी को उसके अंकल की दी हुई हर सलाह से डर लगता था।

"मुझे पता है—यह, या इसी तरह की और सलाह आए दिन चलती ही रहेगी, जब तक कि सलाह देने का मौका ही न खत्म हो जाए।" तरीज़ा के ये हरफ बड़े परेशान थे।

परेशानी मुझे भी हुई, पर उसका हल तरीज़ा ने यह क्यों सोचा था? और भी हो सकता था।

"पर मिस्टर मलिक, आप यह न सोचना कि मैं सिर्फ इस परेशानी को खत्म करने के लिए..." यह पहला फिकरा था, जिसके साथ तरीज़ा की आवाज़ सकुचा गई और वह चुप हो गई थी।

सोच रहा था, पूछु कि जो यह नहीं तो क्या सोचूं? पर पूछा नहीं।

उसका पहला फिकरा याद आ रहा था, "मिस्टर भलिक, वाट आर यूअर कंडीशन्ज?" और सोच रहा था कि कुछ दिन पहले नलिन और मोनी में जो बहस हुई थी, यह शायद उसीसे आया हुआ ख्याल था।

"कंडीशन्ज़ की बात नहीं, पर..." यही सूझा था, कह दिया।

वह चुप रही।

"कुछ और भी सोचा जा सकता है।"

"नहीं, मैं और कुछ नहीं सोच सकती। कभी भी नहीं सोच सकूँगी। तब जब लड़कियों ने पार्टी का मजाक किया था, यह बात मेरे सपने में भी नहीं थी। पर अब..."

"पर अब क्यों तरीज़ा, अब क्यों?" कुछ देर ठहरकर मैंने कहा, पर लगा, मेरी आवाज़ सहसा थक गई थी।

"बिकाज़...बिकाज़ वी बोथ बिलोंग टु ममी।"[1] अब उसकी आवाज़ में एक कोमलता ज़रूर थी, पर झिझक नहीं थी।

"वाट...?" मुझे लगा, मेरी आवाज़ को एक ठोकर लग गई थी।

"आई लव ममी, यू लव माई ममी, सो वी बोथ..."

वह जब से आई थी, खड़ी हुई थी। मैं भी खड़ा था; पर अब इसके बाद मुझसे खड़ा न रहा गया।

मैं नहीं कहता कि उसकी बात हिसाव के सवाल जैसी नहीं थी, पर यह भी नहीं कह सकता कि वह सिर्फ एक ठंडा और नपा-तुला हिसाब ही था...

वह कुर्सी की जिस बांही पर हाथ रखकर खड़ी हुई थी, उसने वहां से हाथ उठाया और उधर खिड़की में खड़ी हो गई। अब वह मेरी तरफ नहीं देख रही थी—खिड़की के बाहर सामने आसमान की तरफ देख रही थी—शायद आसमान में अटके हुए एक बादल के एक टुकड़े को देख रही थी...,

अपना-आप कुछ सुर्खरू-सा लगा। शायद इसलिए कि उसकी नज़र का बोझ उस वक्त मेरे ऊपर नहीं पड़ रहा था। इसलिए अपने-आपको यह दलील दी कि जो कुछ मैंने सुना था, उसके कहने से ज्यादा सुन लिया था... कुछ अक्षर थे, जो मैंने आप ही गाढ़े कर लिए थे...

उसने जो कुछ कहा था, कह दिया था, पर मैं उसको उसके अर्थों से

1. क्योंकि क्योंकि हम दोनों ममी से सम्बद्ध हैं।

बचाना चाहता था। इसलिए कुछ हंस-सा पड़ा।

"माई स्वीट चाइल्ड..." अभी मैंने इतना ही कहा था, उसने बात काट दी, "आई एम नाट ए चाइल्ड।"

"तू नहीं समझती..." एक ढीठ-सी आवाज़ में मैंने फिर कहा।

वह खिड़की से इधर आ गई। बिल्कुल मेरी कुर्सी के पास खड़ी हो गई। उसकी आवाज़ में एक नम्रता-सी आ गई, कहने लगी, "पर आप मुझसे यह छुपाकर क्या करोगे?"

"जो कुछ छुपाना था, मुझे नहीं पता, मैंने उसका क्या करना था, पर वह मेरा था, निरा मेरा था, इसलिए छुपाना था।"

"तूने जो कुछ कहा है, तुझे उसका मतलब पता है।" मुझे लगा, मेरी आवाज़ कस गई थी। शायद बहुत खतरे के समय इन्सान बहुत तन जाता है।

"हां," उसने होंठों से नहीं, सिर हिलाकर कहा।

पता नहीं लग रहा था, अब क्या कहूं।

"मुझे बाद में पूछना, पहले आप बताओ कि मैंने जो कुछ कहा है, आपको उसका मतलब पता नहीं?" सवाल मेरे हाथ से पकड़कर उसने अपने हाथ में ले लिया था।

"नहीं," कह दिया, पर लग रहा था, किसी कचहरी में खड़ा था, और एक झूठी गवाही दे रहा था...झूठे गवाह गंगाजल को हाथ में लेते हैं, मैंने गंगाजल छाती में डाला हुआ था...

वह हंस पड़ी।

लगा—वह मेरे कन्धों के पास कुछ झुकी हुई भी थी। एक खौफ-सा लगा कि शायद वह मेरे झूठ को सूंघ रही थी...

चीज़ को कोई ढांप लपेट सकता है, पर उसकी गंध को कोई क्या करे!

मैंने एक बेबसी से उसकी तरफ देखा। "यह सब कुछ तुझे किस तरह

पता है?" कहा नहीं, पर शायद यह सब कुछ मेरी आंखों में लिखा हुआ था, क्योंकि उसने जो जवाब दिया, वह इसी बात का जवाब था।

कहने लगी—"मुझे पता है, बहुत दिनों से पता है। जब कोई... खुद किसीको दिन-रात सोचकर देखता है, तब उसे यह भी पता लग जाता है।"

"तू..." एक अक्षर था, पर शायद मैंने यह भी नहीं कहा, सिर्फ उसको देखता रहा था।

"वाट ए स्ट्रेंज ट्रायंगेल..." कहती हुई वह हंस पड़ी।

सिर झुका लिया। सामने जो कुछ था, उसको मैं भूल नहीं सकता था।

"फिर जो तुझे यह पता है..." कहा, पर मैंने उससे आंखें चुराई हुई थीं... जैसे यह मैं उसके मुंह पर नहीं, पीठ के पीछे कह रहा होऊं।

"पता है, पर जो कोई उस जगह पर पहुंच जाए जहां उससे मुमकिन और नामुमकिन के बीच में कोई लकीर न खींची जाए..." मैंने चौंककर उसकी तरफ देखा। पता नहीं लग रहा था कि उसकी कमसिन-सी दिखती उम्र, कुछ दिनों में ही, इन लफ़्ज़ों तक किस तरह पहुंच गई थी।

"मुझसे बढ़कर यह आपको पता होगा; क्योंकि नामुमकिन से भी आगे जो कोई जगह होती है, आपने वह जगह देखी है।" उसकी आवाज़ एक फिलासफर जैसी हो गई थी।

वक्त ने सचमुच अपने गले से भूत, भविष्य और वर्तमान के तीनों जोड़े उतारे हुए थे। उसकी नग्नता मेरे सामने थी...

सभ्यता ने आज तक कपड़ों को ही झेलकर देखा है, नग्नता को झेलकर नहीं देखा...

नेकिड टाइम, नेकिड ट्रुथ, नेकिड माइंड[1]...

सोच रहा था, 'वह' इसके बीच भी है—अपनी बच्ची में, पर एक

1. नग्न काल, नग्न सत्य, नग्न मन

तस्वीर की तरह मांस के कागज़ पर उतरी हुई। और वह भी शायद कभी नेगेटिव की शक्ल में, कभी पाज़ेटिव की शक्ल में...

"नहीं तरीज़ा, यह बात कहीं नहीं पहुंचेगी..." लगा, यही कह सकता था।

"आई नो। पर हम इसे चलने से नहीं रोक सकते।"

"और अन्त में?"

"इट विल बी कण्टीन्यू टु नैक्स्ट जैनरेशन।"[1]

"इट विल बी कण्टीन्यूड टु नैक्स्ट जैनरेशन।" यह कहके, और बात का एक सार-सा निकालकर, वह सुर्खरू-सी हो गई लगती थी; क्योंकि उसके बाद उसने मेरे कमरे में पड़ा हुआ स्टोव जलाया, मेज़ के खाने में से कॉफी का डिब्बा निकाला, और चुपचाप कॉफी बनाने लगी।

सब कुछ उसने बड़े आहिस्ता से अपने हाथ में ले लिया था—कॉफी के डिब्बे से लेकर मुझ तक....

सब कुछ सरकता-सा देख रहा था—पर यह सब कुछ पिघला हुआ था, इसको पकड़ नहीं सकता था। सिर्फ इसकी नमी हवा में मिली हुई थी, और यह हवा मेरी सांसों में समा रही थी...

कॉफी का एक प्याला उसने मेरे हाथ में पकड़ा दिया। प्याले में से उठते हुए धुएं की तरह मेरे भीतर से कुछ उठा। एक भाप की तरह आंखों में भी कुछ भर आया था, इसलिए उसका मुंह कुछ धुंधला-सा दिख रहा था, एक अन्दाज़े के साथ मैं उसके सिर के पास झुका, और अपने होंठों से उसके माथे को छुआ...

आंखों में भाप और भर आई थी...

तरीज़ा के जाने के बाद एकदम जो कुछ लगा—यह था कि कमरे में कोई चीज़ कम थी। पता नहीं क्या। मैंने घबराकर सामने की

---

1. यह अगली पीढ़ी तक जारी रहेगा।

अलमारी में से कोई किताब निकाली और इसके पहले कि मैं उस चीज़ के बारे में सोचता, मैं किताब पढ़ने लगा। वाट एस्ट्रेन्ज कोइन्सीडेन्ट[1]—किताब को मैंने यूं ही खोल लिया था, जो सफा सामने आया था, पढ़ने लग गया था। जिस पैरे पर नज़र पड़ी, उसकी पहली पंक्ति थी—'ही नीडिड मी इन आर्डर टु बी, ऐंड आई नीडिड हिम इन आर्डर नाट टु फील माई बीइंग।[2]

किताब बन्द कर दी, फिर अलमारी में रख दी। कमरे की हवा में एक साज़िश-सी हुई लगती थी—जो यह साज़िश नहीं थी तो फिर इस किताब को मेरी और तरीज़ा की बात करने की क्या ज़रूरत थी...यह बिल्कुल इस तरह था कि जैसे मैं तरीज़ा के बारे में कह रहा होऊं, या आज से बीस बरस पीछे कहूं कि शी नीडिड मी इन आर्डर टु बी, एंड आई नीडिड हर इन आर्डर नाट टु फील माई बीइंग...

कहानी आगे चलेगी 'सिर्फ यह पता नहीं कि यह ट्रू स्टोरी है कि फिक्शन पर मेरा ख्याल है, इस तर्क की ज़रा भी ज़रूरत नहीं। ट्रू स्टोरी हाथों और पैरों के साथ घटित होती है, फिक्शन माथे के साथ। और फिर जो कुछ हाथ-पैरों के साथ बीतता है, वह माथे में पहुंच जाता है। और जो कुछ पहले माथे के साथ गुज़रता है, वह फिर हाथों और परो में उतर आता है...कहानी कहानी है, और यह सवाल ही निर्मूल है कि यह पहले किस अंग के साथ बीती थी...

माई गॉड! अभी मुझे पता लगा था कि कमरे में कोई चीज़ कम थी। पता नहीं लग रहा था कि क्या कम था, और मैं ऐसे ही हर चीज़ को देखता हुआ कमरे में चलता रहा...एक बार मेरा पैर कुर्सी के साथ अटक गया, एक

1. कैसा विचित्र संयोग है!

2. उसे अपने अस्तित्व के लिए मेरी ज़रूरत थी, और मुझे अपने अस्तित्व के लिए उसकी जरूरत थी।

बार मेरी बांह मेज़ के कोने से लग गई थी। फिर मैंने कुर्सी को उठाकर मेज़ के नीचे रख दिया था। और जगह खुली कर दी थी। पर शायद अभी भी जगह खुली नहीं हुई—अभी पलंग का कोना मेरे घुटने में लग गया है... अब मैं देख सकता हूं कि कमरे में अचानक कुछ चीजें बढ़ गई हैं। नहीं, कोई चीज़ कम नहीं, बल्कि कमरा बहुत-सी चीज़ों से भर गया है...

पलंग पहले भी था, मेज़ भी थी, मेज़ वाली और खिड़की वाली कुर्सी थी, फिर पता नहीं कमरे में कौन-सी चीज़ बढ़ गई है...

आज तरीज़ा क्यों आई थी? अजीब हादसा है! पर क्या यह सिर्फ एक हादसा है? या ज़िन्दगी का हमेशा से चला आना, और हमेशा तक चलने वाला एक 'पैटर्न' है?

एक अजीब ख्याल आता है—यह हादसा भी नहीं, पैटर्न भी नहीं, इट इज़ ए कांस्पीरैसी ऑफ ब्लड...[1]

आसमान में अटका हुआ रोशनी का आखिरी टुकड़ा भी खोया जा रहा है अंधेरा भी हल्का है, अभी गाढ़ा हो जाएगा और सूरज ने आज जो कहानी शुरू की थी, वह अधूरी रह जाएगी..

कहानी खत्म नहीं होती, सिर्फ बीच में रह जाती है। आज के सूरज की छोड़ी हुई कहानी को कल का सूरज सुनाएगा 'कण्टीन्यूड टु नैक्स्ट सन' 'बिल्कुल इस तरह, जिस तरह तरीज़ा ने कहा था—कण्टीन्यूड टु नैक्स्ट जैनरेशन...

इन्सान की छाती भी शायद रात की तरह होती है—सूरज की कहानी ने रात को चीरकर गुजरना होता है...इन्सान की कहानी ने इन्सान की छाती को चीरकर गुजरना होता है...

"कल सुबह ज़रूर आ जाना, मैं रात को ममी को। दंगी। कुछ बताकर भी आई थी, बाकी रात को बता दूंगी। सुबह एक बार ममी के सामने आप 'हां' कह देना। उन्हें तसल्ली हो जाएगी।" तरीज़ा ने जाते हुए कहा था।

---

1. यह रक्त का षड्यन्त्र है।

तरीज़ा सोचती है, मैं 'उस' के सामने कुछ कह सकूगा। कुछ कहने लायक ज़बान होती, अब तक कह न लेता

ज़बान ही तो नहीं है...

मैं क्या कह सकता हूं। तरीज़ा के पास ज़बान है, वह कह सकती है। जो कह देगी, वही ठीक है...

कहानी जहां थी, अडोल खड़ी हुई थी—अब उसने मेरी छाती में चलना शुरू कर दिया है...

मैं उसके पैरों की आवाज़ सुन सकता हूं—धक...धक...धक...धक... उसके पैरों के भार से मेरी छाती हिल रही है—लकड़ी का फर्श भी इसी तरह हिलता है।

नहीं, उसके पैरों के निशान 'वह' नहीं देख सकेगी। मैं सामने सोऊंगा, वह फिर भी नहीं देख सकेगी। तरीज़ा रोज़ फर्श को पोंछ दिया करेगी...

उसने चलना है, इसलिए चलेगी। और शायद जिस वक्त 'वह' सामने होगी, या कुछ जल्दी से चलेगी...

एंड इट विल बी कण्टीन्यूड टु नैक्स्ट जैनरेशन...

यह चौथा पहर जाने और कितना लम्बा है...

मोनालीज़ा नम्बर दो

पिछले कुछ सालों में मैंने जो कुछ देखा, सुना और जाना है, जो उसे कुछ तरतीब से आपके सामने रखूं तो एक तरफ कुछ नज़्में रख सकता हूं, यानी कि इन्सान के कुछ सपने जिनके पंखों में अनेक रंग होते हैं, और दूसरी तरफ इन्साइक्लोपीडिया ऑफ मर्डर, यानी इन्सान के वे कर्म, जिनके पंखों में सिर्फ खून का एक ही रंग भरा होता है। और इन दोनों के बीच मोनालीज़ा को रख सकता हूं—मोनालीज़ा नम्बर दो।

मेरी-उसकी वाकिफी के पहले दिन ही उसने अपना यह नाम रखा था। कहने लगी, "वीराजी, कोई नाम बताओ! मैंने अपना नाम रखना है।"

"अभी तक तेरा नाम कोई नहीं? कोई नहीं होगा, जो अभी तक तूने अपना नाम मुझे नहीं बताया।"

"मेरा नाम 'एस' से शुरू होता है, पर मैं चाहती हूं, मेरा नाम कोई वह हो, जो 'ए' से लेकर 'एम' तक के बीच के अक्षरों में किसीसे शुरू हो।"

"तेरे ख्याल के मुताबिक, एम के बाद जो अक्षर आते हैं, वे कोई अच्छे अक्षर नहीं होते?"

"पता नहीं, पर मैंने कहीं पढ़ा था कि दुनिया के खास लोगों के नाम ए

से लेकर एम तक के अक्षरों वाले होते हैं।"

"यह तूने कहां पढ़ा था?"

"याद नहीं, पर मैंने पढ़ा ज़रूर था।"

मैंने कहा कुछ नहीं, सिर्फ गौर से उसकी तरफ देखता रहा—उसका छोटा-सा कद, ज़रूरत से ज़्यादा भरा हुआ जिस्म, रंग गोरा था, पर गाल जैसे गोरे रंग से अफरे हुए थे, और इसी अफारे के कारण होंठ कुछ लटके हुए थे। उसकी उम्र अठारह-उन्नीस बरस की होगी. पर उसकी उम्र किसीको कुछ खींचती-सी नहीं लगती थी। वह मेरी तरफ नहीं देख रही थी। मैंने देखा, मेरे कमरे में लगी हुई एक तस्वीर को बड़े ध्यान से देख रही थी।

"यह तस्वीर किसकी है?" कुछ देर बाद उसने पूछा।

"इतनी मशहूर तस्वीर तूने पहले नहीं देखी? यह दुनिया की उस औरत की तस्वीर है, जिसकी मुस्कराहट को आज तक कोई नहीं समझ सका।"

"क्या मतलब?"

"कई कहते हैं कि उसकी मुस्कराहट में उदासी भी शामिल है, और कई कहते हैं, उदासी या निराशता बिल्कुल नहीं, उसमें सिर्फ जवानी की तपिश मिली हुई है या शायद दुनिया पर कोई व्यंग्य। उसकी मासूम, भेदों से भरी मुस्कराहट पर बहस करते दुनिया को ज ने कितने साल हो गए हैं। मुस्कराहट का अर्थ चाहे जो कुछ हो, पर यह ठीक है, उसकी मुस्कराहट ने दुनिया के लाखों लोगों का ध्यान अपनी तरफ खींचे रखा था और अब भी खींचा हुआ है।"

"उसका नाम क्या था?"

"मोनालीज़ा।"

"मोनालीज़ा, एम से। मैंने फैसला कर लिया है, मैं अपना नाम मोनालीज़ा रखूंगी।"

"मोनालीज़ा?" मैं ऐसे चौंक पड़ा, जैसे उस लड़की ने मेरे देखते-देखते मेरी दीवार पर लगी हुई मोनालीज़ा की तस्वीर फाड़ दी हो—नहीं, मेरी दीवार पर लगी हुई एक साधारण छपी तस्वीर नहीं-मोनालीज़ा की असली लीउनारदो दाविंची की पेंट की हुई कैनवस फाड़ दी हो।

"क्या जो कुछ अपने पास नहीं है—वह खरीदा नहीं जा सकता?" वह हंस पड़ी।

"तेरा मतलब है, तू वह मुस्कराहट खरीद सकती है?"

"हां, खरीद सकती हूं।" उसने कहा और फिर हंस पड़ी। वह या तो चुप रहती थी या हंसती थी। चुप रहती थी तो उसके मोटे होंठ उसके मुंह पर लगे ताले की तरह लगते थे। हंसती थी तो उसके चौड़े दहाने में से उसकी हंसी चौपट खुले दरवाजों में से एकबारगी बह गई लगती। मैं सोच रहा था कि अगर कोई मुस्कराहट को खरीदने वाली बात मान भी ले, तो किसी मुस्कराहट को वह किन होंठों पर रखेगी? पर मैं उसके साथ कोई दिल दुखाने वाली बात नहीं कर सकता था। वह मेरी आज ही वाकिफ बनी थी, और वह भी बड़ी मेहरबान शक्ल में। वह मेरे पास मेरी उस काशनी का संदेश लेकर आई थी, जिसका संदेश तो क्या, जिसका नाम सुनने के लिए भी मेरे कान बरसों से तरसे हुए थे। बरस हुए, काशनी के ब्याह की रात उसका खत आया था कि जो मैं उसे भूल सकू तो भूल जाऊं। इसके बाद काशनी ने कभी नहीं पूछा था कि 'जो' वाला लफ्ज़ बरतते वक्त उसने जिस अपनी याद को भूलने या न भूलने के बीच लटका दिया था, उस याद का क्या बना? और आज यह लड़की मुझे बता रही थी कि वह जिस स्कूल में पढ़ाती है, आज काशनी उस स्कूल में अपनी बच्ची को दाखिल करवाने आई थी और फिर उसको पता नहीं, किन छिड़ी बातों में से उसे यह बात पता लग गई थी कि उसकी बच्ची की मास्टरनी भी उसी बस्ती में रहती है, जिस बस्ती में मैं रहता हूं—उसके कुंवारे दिनों का इश्क।

इस कासिद लड़की ने मुझे आज पहली बार देखा था। सड़क पर गुज़रते शायद कहीं देखा होगा, पर मेरे साथ बात करके आज उसने पहली बार देखा था। और उसके कहने के मुताबिक आज काशनी को भी उसने पहली बार देखा था, पर यह मानना पड़ेगा कि उसके पास बात करने की अजीब बेबाकी थी। अभी जब उसने मेरे कमरे का दरवाजा खटखटाया था, मैं हैरान-सा हुआ उसे पूछने लगा था कि तुम कौन हो, तो कमरे में गुज़रते हुए उसने अजीब बेबाकी से कहा था, "मैंने आपकी साली बनना था, पर नहीं बन सकी, सो अब कुछ भी नहीं—"

एक ही फिकरे में उसने काशनी से बहन या सहेली का नाता भी जोड़ लिया था, और मेरे साथ काशनी के ब्याह की सम्भावना का वक्त भी।

"पर तूने मुझे अपना नाम अभी तक नहीं बताया!" वह जाने लगी थी, जिस वक्त मैंने उसे पूछा।

"मोनालीजा, अभी आपके सामने मैंने अपना नाम रखा है। आप मोना कहके बुलाओ। वैसे भी पहली बार मैं यह नाम आपके मुंह से सुनना चाहती हूं, क्योंकि आपके घर ही रखा है, आपके कमरे में।"

मुझे उसके नाम में दिलचस्पी नहीं थी, मैं सिर्फ उसके मंह से कारानी की बात एक बार फिर सुनना चाहता था, इसलिए कहा, "मोना पर तूने मुझे यह जो काशनी का सन्देश दिया है, इसे सन्देशा किसी तरह भी नहीं कहा जा सकता।"

"सन्देशा सिर्फ लफ्ज़ों में होता है? आंसुओं में नहीं हो सकता? आपका नाम लेते हुए उसकी आंखें जिस तरह नम हो आई थीं, उन आंखों का पानी आपको कोई सन्देशा नहीं लगत?"

पर उसने तुझे यह नहीं कहा था कि मेरे पास तू आना और मुझे यह बात बताना।"

"फिर वही बात! सिर्फ लफ्जों में ही कुछ कहा जा सकता है?"

मुझे यह नहीं लग रहा था कि मैं काशनी को फिर उसी शिद्दत से

प्यार करने लगूंगा, जैसे किया करता था। परेशान ज़रूर हो गया था, और मैंने देखा कि मोना गौर से मेरे मुंह को देख रही थी। उसके होंठों के पास एक छोटा-सा बल भी पड़ गया था—वह शायद हम दोनों की अनकही बातों को समझ लेने की और फिर एक-दूसरे के पास जाकर कह सकने वाली समझ की, मुस्कराहट थी—और मुझे लगा कि अभी यह मोनालीज़ा मुस्कराहट को खरीदने वाली जो बात कह रही थी, मुझे उसकी बात का भेद पता लग गया था। मैंने अपना सिर झुका लिया।

उस रात मैंने ज़िन्दगी में पहली बार एक नज़्म लिखी। काशनी मुझे इस तरह याद आ रही थी, जैसे कभी नहीं आई थी। और मेरी नामुराद छाती में एक अजीब-सी हूक उठी थी कि कहीं यह मेरी नज़्म मोनालीज़ा काशनी को न पढ़ा दे...तुम्हारा ज़िक्र सुनकर जो किसीकी आंखों में आंसू आ जाएं तो इसका मतलब है कि तुम अभी भी किसीकी छाती में जीते हो। पता नहीं, इन्सान अपने जीते रहने का यह सबूत क्यों मांगता है—जैसे अपने-आपमें जीते होना काफी नहीं होता...कल्पना करके देख रहा था कि काशनी ने मेरी यह नज़्म पढ़ी है और यह नज़्म एक जलते कोयले की तरह उसके मन में पड़ गई है और इस कोयले की आग से उसके मन में पड़े हुए बरसों के बुझे हुए कोयले फिर सुलग पड़े हैं...वैसे मोना के स्कूल में जाकर उसे ढूढ़ना और यह बात कहना भी पागलपन लग रहा था।...

मैं नहीं गया। तीन दिन गुज़र गए। चौथे दिन मोना आई। मैं अभी होटल से रोटी खाकर आया था और अपने कमरे में आकर बिजली के स्टोव पर कॉफी बना रहा था। जैसे कोई बरसों का वाकिफ आता है, मोना ने आते ही मेरे हाथों से कॉफी का डिब्बा पकड़ लिया। प्याले गर्म पानी में धोए और कॉफी बनाकर मेज़ पर रख दी।

"वीराजी, आपकी तबीयत ठीक नहीं लगती।" मोना ने कॉफी का

पहला घूंट भरते हुए कहा। मोना ने पहले दिन आते ही मुझे 'वीराजी' कहकर बुलाया था—मुझे ऐसे जज़्बाती लफ्ज़ों से कभी भी लगाव नहीं हुआ—जल्दी से किसीको माताजी या बहनजी कहना मुझे हमेशा बड़ा अटपटा-सा लगता है 'मोना के मुंह से पहले दिन तो नहीं, पर आज यह लफ्ज़ सुनकर मुझे बुरा नहीं लगा, कुछ अच्छा ही लगा। शायद इसलिए कि इस लफ्ज़ की सादगी से मेरी और उसकी वाकफियत की राह इतनी आसान हो जाती थी कि मैं उसके साथ काशनी की बातें बिना संकोच के कर सकता था, और वाकफियत की इस आसान राह में किसी भुलावे का कोई अन्धा मोड़ नहीं आ सकता था। मुझे लगा कि मोना ने भी ज़रूर मेरी तरह सोचा होगा। मुझे उसकी यह दूरदर्शिता अच्छी लगी। और मैं कॉफी पीता हुआ उसे अपनी नज़्म सुनाने लगा।

नज़्म सुनाकर मुझे लगा कि नज़्म का दर्द मेरे हिस्से आया था, पर ज़िन्दगी में कोई नज़्म लिखवाने का गरूर मोना के हिस्से में। कहने लगी, "इस नज्म के सिले में मुझे क्या दोगे? नज्म लिखना अगर हुनर है तो लिखवाना भी तो हुनर है।"

"पर यह तूने नहीं लिखवाई मोना, यह काशनी ने लिखवाई है," मैंने जवाब दिया। वैसे यह जवाब देकर मुझे लगा कि जवाब चाहे ठीक था, पर फिर भी जो कुछ ज़ाहिर था, वह कहने की क्या ज़रूरत थी?

मोना के मुंह पर कोई उदास परछाई नहीं आई। चाहे उसके लफ्ज़ थे, "यू आर ए क्रूअल परसन राकेश।" यह बात उसने वीराजी वाला रिश्ता परे करके कही लगती थी, पर मुझे बुरा नहीं लगा। इन्सान की इन्सान से वाकफियत को हर समय किसी रिश्ते की ज़रूरत नहीं होती। और मुझे तो किसी रिश्ते की वैसे भी ज़रूरत नहीं थी। मोना ने वह नज्म मुझसे मांग ली, और कॉफी के प्याले मेज़ पर से उठाकर और धोकर चली गई।

दूसरे या तीसरे दिन मोना फिर आई—और फिर जैसे एक सिलसिला-सा बन गया। इन्तज़ार के दौरान में कोई नज़्म ज़रूर लिखता, मोना को सुनाता, वह नज़्म मांग लेती और हंसकर काशनी की कोई न कोई बात ज़रूर सुनाती। कभी कहती, मैंने आज काशनी के बच्चे के हाथ काशनी को सन्देशा भेजा था कि बच्चे की पढ़ाई के बारे में मुझे कोई बात करनी है, इसलिए वह स्कूल आ जाए। कभी कहती कि आज काशनी खुद ही स्कूल आई थी, उसे बच्चे को आधी छटी दिलवाकर घर ले जाना था। और फिर वह बताती कि काशनी कैसे मोना से अपने बच्चे की बात करती उसके काले बटुए की तरफ देखती रहती थी—तरसकर सोचती रहती थी कि आज उसके लिए कोई और नज़्म भेजी गई थी कि नहीं। एक दिन मोना ने मुझे यह भी बताया कि काशनी मेरे लिए एक खत लिख रही थी। भेजने का हौसला नहीं कर रही थी, पर किसी दिन कर लेगी।

जिस मकान में मैं एक कमरा किराये पर लेकर रहता था, मकान के मालिक उसी मकान के निचले हिस्से में रहते थे। रोज़ दूसरे दिन मोना का मेरे कमरे में आना अब तक मकान-मालकिन को ज़रूर अखरने लगा होगा—मैं कई बार सोचता था और मोना को कहना चाहता था, पर कहता नहीं था कि मोना को अगर यहां आने से मना कर दूं तो उसके स्कूल जाकर या किसी गली के मोड़ पर खड़ा होकर उससे काशनी की खबर पूछना या बताना मुझे इससे भी मुश्किल हालत में डाल देगा। और मुझे लगा—कौन से दुःख की दवा मोना के पास नहीं थी, क्योंकि अगले दिनों में ही मैंने देखा कि मोना के लिए मेरी तरह ही मकान-मालकिन की लड़की इंतज़ार कर रही होती थी—खुद मकान-मालकिन इन्तज़ार कर रही होती थी।

लड़की का शायद जल्दी ब्याह होने वाला था। मोना उसके साथ बैठकर कितनी-कितनी देर तक उसके कपड़ों को गोटा-किनारी लगाती

रहती थी, रसोई में उसके पास बैठकर सब्ज़ियां बनाती रहती थी—और एक दिन मैंने यहां तक देखा कि ब्याह वाली लडकी बीमार थी, मां के हाथ में सब्जी काटते समय चाकू लग गया था और शायद जूठे बर्तनों को मांजने की ज़्यादा ज़रूरत पड़ गई थी कि मोना उनकी रसोई में बैठकर उनके बर्तन मांजने लग गई थी—"ऐसी लड़कियां आजकल कहीं नहीं होतीं, किसी खुशनसीब मां ने जगी होगी," मकान-मालकिन मुझे जीने पर चढ़ते हुए और मेरे पास आकर खास तौर पर कह रही थी, और मोना ने भी अन्दर से आवाज़ देकर कहा था, "मैं अभी आई वीरा जी"—जैसे ज़ोर से मुझे वीराजी कहकर और मकान-मालकिन को सुनाकर उसने आए दिन मेरे कमरे में आने और बैठने का रास्ता निकाल लिया था। चाहे वह मेरे कमरे में आकर भी मुझे वीराजी ही कहती थी, पर कई बार ऐसे लफ्ज़ों को ऊंचे से और दूसरों के सामने कहना शायद ज़रूरी हो जाता है—मुझे मोना की यह सूझ अच्छी लगी।

राह जाते हुओं का काम संवारने की मोना को एक लगन थी। एक अजीब-सा दर्द मोना के दिल में बड़ी उम्र में समा गया लगता था—एक रात अपने दर्द का भेद अपने मुंह से उसने बताया। रात काफी हो गई थी, मेरे कमरे का दरवाज़ा खटका। मोना आई, पर उसके मुंह का रंग किसी निचुड़े हुए कपड़े की तरह था। उसके हाथ ठण्डे थे और कांप रहे थे। मेरी बांह थामकर उसने दरवाज़ा बन्द कर दिया और कांपती-कांपती दीवान पर बैठ गई।

"वीराजी..." कांपते होंठों से उसने यह मुश्किल से कहा और निढाल होकर औंधी-सी हो गई। मैंने उसको दो कम्बल ओढ़ाए और कितनी देर तक उसकी बांहों को दबाता रहा। वह होश में नहीं लग रही थी। मैंने चाय का प्याला बनाया, उसे कन्धे का सहारा देकर बैठाया, चाय पिलाई, और कुछ घबराता-सा उसे कहने लगा कि वह हिम्मत करे, संभलकर मुझे बात सुनाए और फिर मैं उसे उसके साथ जाकर घर

छोड़ आऊंगा।

"मैं बड़ी बदनसीब हूं," उसने रोकर कहा और बाद में आधे टूटते फिकरों में उसने जो कुछ मुझे सुनाया, वह सचमुच भयानक था—वह बच्ची-सी होती थी, मुश्किल से बारह बरसों की, जब उसके सगे बाप ने उसे रेप' किया था। उसका बाप अब मर गया था। पर आज उसकी मां घर नहीं थी, वह अकेली थी और उसका सगा चाचा परदेस से आया था। उसने चाचा को रोटी खिलाई थी, फिर सोने के लिए अपने कमरे में चली गई थी कि उसका चाचा उसके कमरे में आकर ज़बरदस्ती...

अब मैं उसे घर जाने के लिए नहीं कह सकता था। ज़्यादा से ज़्यादा यह कह सकता था कि वह नीचे जाकर अपनी सहेली मकानमालकिन की बेटी के पास सो जाए। वह नहीं मानी। वह मन की जिस हालत में थी, ऐसी हालत में किसीके पास नहीं जाया जा सकता था। मैंने उसे अपने बिस्तर में सोए रहने दिया और आप एक कोट और ऊपर से ओवरकोट ओढ़कर ज़मीन पर सो गया। कमरे में एक ही दीवान था जिससे मैं दिन में बैठने का और रात को सोने का काम लेता था, और जहां अब वह सो रही थी।

मुझे नींद नहीं आ रही थी—पता नहीं मोना की बदनसीबी को सोचकर या आज की अजीब हालत में अपने-आपको सोचकर कि मोना चीखकर उठ बैठी। मैं मोना के मन की हालत समझ सकता था, उसकी आंखों के आगे बार-बार अपने चाचा की सूरत आ रही थी—चालीस-पैंतालीस की उम्र का छ: फुट लम्बा आदमी, गले से कपड़े उतारे, आंखों में लाल डोरे पड़े हुए और मुंह से आती व्हिस्की की बू में झमता और मोना के गले से खींचकर कपड़े उतारता...

चाचा की सूरत को रो-रोकर आंखों के आगे से हटाते हुए मोना के मन में एक नहीं, दो भयंकर घटनाओं के सिरे जुड़े हुए लगते थे। मोना ने मुझे बताया था कि उसके चाचा की शक्ल बिल्कुल अपने मरे हुए भाई की तरह

है, मोना के बाप जैसी।

उस रात मोना मेरी बांह से लगी बार-बार डरती और चौंकती रही थी। कई बार उसकी छाती का उभार मेरे पहल में चुभता-सा लगता था। कह नहीं सकता था कि उसके जिस्म की इस नज़दीकी के साथ आज की घटना की पृष्ठभूमि न होती तो मेरा जिस्म इतना अडोल रह सकता था कि नहीं, पर उस दिन वह बिल्कुल अडोल रहा था। मुझे वह जख्मी परिन्दे की तरह लग रही थी, जिसकी पीठ को या बांहों को हाथ लगाते हुए मुझे सिर्फ यह लग रहा था कि मैं कुछ डरे हुए पंखों को सहला रहा होऊ।

उस रात के बाद मैंने मनोविज्ञान की नई किताबें लाकर पढ़ीं और मोना को भी पढ़ाई। मेरी यह बड़ी तमन्ना थी कि मोना जैसी अच्छी लड़की के मन पर से अगर उसके ज़ख्मों के खुरंड उतर सकते हों, तो उतर जाएं। उसका कुंवारा मन फिर से हरिया जाए। एक दिन एक अमरीकी अखबार में से उसने अमरीकन पुलिस का एक इश्तिहार पढ़ा, जिसमें दस कातिलों की तस्वीरें देखकर उनकी ज़िन्दगी के कई ब्योरे देकर इश्तिहार दिया हुआ था कि इन जेलों से भागे हुए दस हत्यारों की पुलिस को बड़ी जरूरत है। इश्तिहार किसी रंगीन मिज़ाज जर्नलिस्ट का लिखा हआ लगता था। इबारत बड़ी चुस्त थी। मोना मुझे एक-एक की तस्वीर दिखा रही थी और पढ़ रही थी, "सुनो वीराजी, यह एडवर्ड मैप्स के बारे में क्या लिखा हुआ है, इसकी तस्वीर देखी है, दिखने को पैरिस का आर्टिस्ट लगता है, लिखा हुआ है, इसने सबसे पहले अपनी बीवी को कत्ल किया था, फिर और कई औरतों को, पर यह सिर्फ उन औरतों को कत्ल करता है, जिनकी उम्र चालीस से ज़्यादा हो। और लिखा हुआ है कि लड़कियो, अपनी 'आंटियों' से कह देना, आजकल अकेली रात को बाहर न जाया करें..." मोना हंस रही थी और कह रही थी, "इस जेम्स एडवर्ड कैनेडी को देखो, पुलिस ने इसे ढूंढ़ने के लिए एक निशानी

बताई हुई है कि इसके बायें हाथ पर एक लफ्ज़ गुदा हुआ है—पता है क्या लफ्ज़—'लव'।" मोना हंसे जा रही थी, इश्तिहार पढ़ रही थी और फिर मुझे याद है, किसी कातिल का ब्योरा पढ़ते हुए उसने पढ़ा कि उस कातिल ने छः कत्ल किए थे और मुझे याद है, मैं चौंककर रह गया था, जब आगे मोना ने अपनी तरफ से कहा था कि उसे छ: कत्ल नहीं करने चाहिएं थे, सात करने चाहिए थे, क्योंकि सात नम्बर 'लकी' होता है।

पर मुझे यह सोचकर कुछ तसल्ली मिल रही थी कि अब मोना कई बार अपने चाचा का ज़िक्र करती उस तरह नहीं घबराती थी, जिस तरह उस रात घबराई थी। एक दिन उसने एक किताब में एक केस पढ़ा था कि एक बड़ा खूबसूरत लड़का पहले अपनी एक बहन के साथ सम्बन्ध जोड़ता था, और फिर उसे और उसके बच्चे को मारकर, फिर दूसरी बहन से सम्बन्ध जोड़ लेता था। उसकी तीन बहनें थीं। ये तीनों बहनें उसने बारी-बारी से मार दी थीं। यह केस पढ़कर मोना ने खुदा का शुक्र किया था कि वह अभी तक जीवित है, उसे न उसके बाप ने कत्ल किया और न उसके चाचा ने...मोना की बातों से मैं देख रहा था कि दिन-ब-दिन उसके मन के जख्म भरते जा रहे थे।

और फिर...फिर बात उलट गई। एक दिन सुबह-सुबह, सुबह भी अभी नहीं थी, मेरे कमरे का दरवाज़ा खटका। मकान-मालकिन की लड़की दरवाजे के बाहर खड़ी थी। मुझे पिछले दो महीनों से पता था कि वह बीमार है, पर मुझे यह पता नहीं था कि वह इतनी बीमार है। उसके ब्याह में पूरे पांच दिन रह गए थे और उसकी प्याज़ के छिलके की तरह शक्ल देखकर हैरान हो गया था कि पांच दिनों में यह लड़की डोली में कैसे बैठेगी। वह पहले कभी मेरे कमरे में नहीं आई थी, पहली बार आई थी और बड़ी झिझकी-सी खड़ी थी...

"क्यों रक्षा...?" लफ्ज़ मेरे मुंह में थे। रक्षा ने मिन्नत से कहा, "मोना

दो दिनों से नहीं आई। मैं कभी उसके घर नहीं गई। इन दिनों जा भी नहीं सकती, आप जैसे भी बने, उसे बुला

"उसके घर मैं भी कभी नहीं गया। शायद तीसरे ब्लाक में वह रहती है; पर मेरा ख्याल है, वह यहां नहीं है, एक हफ्ते की छुट्टी लेकर अपनी किसी मौसी के पास गई है..."

एक हफ्ते के लिए..." रक्षा घबराकर वहीं दहलीज पर बैठ गई।

"तुझे बहुत ज़रूरी काम था?" मैंने कहा, पर मुझे कुछ समझ में नहीं आया था। रक्षा ने फैली आंखों से मेरी तरफ देखा, मेरी तरफ नहीं, एक शून्य में। रक्षा के जिस्म से खून बहता हआ नहीं दिख रहा था, पर ऐसा लग रहा था कि जसे सारा खून बहकर कहीं चला गया था और पीछे खून से रीता उसका जिस्म रह गया था।

"मैं...मर...जाऊंगी..." रक्षा ने तड़पकर कहा।

"पांच दिनों में तेरा ब्याह है रक्षा!"

"उस...दिन...मेरी...अर्थी...इस घर से निकलेगी..."

रक्षा की बात सुनकर मैंने जो अनुमान लगाया, मेरा ख्याल है, वही अनुमान लगाया जा सकता था कि जहां रक्षा का ब्याह हो रहा था, वह वहां ब्याह करवाना नहीं चाहती थी। गम में घुलती पिछले महीनों से खाट पर पड़ी हुई थी। पर मुझे यह पता नहीं लग रहा था कि मोना को इस बात में उसकी क्या मदद करनी थी—शायद किसी तरह उसको समझा-बुझाकर लाना था, जिसे रक्षा प्यार करती थी और चाहती थी कि वह ब्याह से रक्षा को बचा ले।

"मैं समझ सकता हं रक्षा कि यह ब्याह तेरी मर्जी से नहीं हो रहा..." मैं यही कह सकता था, कहा।

"नहीं राकेश साहब, यह बात नहीं। ब्याह मेरी मर्जी से हो रहा है।" रक्षा बिलख-सी पड़ी।

"फिर?"

"मोना के आगे मैंने मन का दुःख खोला था, पर वह मुझ डूबती को छोड़कर पता नहीं कहां चली गई है, उसे अच्छा-खासा पता था..."

"मुझे पता नहीं रक्षा...पर जो त मुनासिब समझे..."

"अनजानी उम्र में कई गलतियां हो जाती हैं वीराजी! मोना आपको वीराजी कहती है, मैं भी कह लूं...? आपको सगे भाई से बढ़कर समझूंगी 'अगर..." घबराई हुई रक्षा ने मेरे पैरों की तरफ हाथ बढ़ाया। मैंने उसका हाथ रोक लिया। उसने एक बार सीढ़ियों की तरफ देखा, जैसे देख रही हो कि उसकी बात किसी और के कान में तो नहीं पड़ी, फिर हिरास होकर और पछताकर कहने लगी—"सामने, पास के घर में एक लड़का देवीकुमार रहता है, अब एम० ए० में पढ़ता है, मुझे वह अच्छा लगता था। ढाईतीन बरसों की बात है, मैं तब अनजान थी, उसे कुछ चिट्ठियां लिख बैठी। उसने भी लिखी थीं। बात कोई बड़ी नहीं थी। उसके बाप की यहां से बदली हो गई, तो वह होस्टल में चला गया, बात खत्म हो गई। अब उसके बाप की फिर यहां बदली हो गई है, वह फिर घर आ गया है। वह कहता है कि वह मेरी चिट्ठियां ब्याह वाले दिन 'मेरे उस' को दिखाएगा... इससे तो मैं मर जाऊं... अच्छा है..."

मैंने देवीकुमार को देखा था, थोड़ा-सा जानता भी था, पर दिखते हए चेहरों के पीछे अनदेखे चेहरे भी होते हैं। मैंने रक्षा को हौसला दिया कि मैं देवीकुमार को मिलंगा और उसे समझाऊंगा; पर रक्षा ने जो बात आगे बताई, मुझे लगा कि मैं इस देवीकुमार को कुछ न समझा पाऊंगा। रक्षा ने बताया कि उसने चिट्ठियों के बदले उससे दो हजार रुपये मांगे थे। वह रुपया नहीं दे सकती थी, इसलिए उसने मां के सन्दूक में से एक बड़ा मोटा सोने का गोखरू चराकर मोना के हाथ उसे भेज दिया था। जवाब में मोना को वे चिट्ठियां लाकर रक्षा को देनी थीं, पर चिट्ठियां उसे अभी तक नहीं मिली थीं, और ब्याह में पांच दिन

रह गए थे।

"रक्षा, तू मुझे देवीकुमार का खत दिखा सकती है, जिसमें तुझे डरावा दिया है कि वह..."

"वीराजी! ऐसा डरावा कोई लिखकर नहीं देता। उसने ज़बानी दिया था कि वह..."

"तुझे कब मिला था?"

"मुझे नहीं मिला, उसने मोना के हाथ कह भेजा था।"

पता नहीं कितने ख्याल मुझे आए और गए, पर रक्षा को बचाना था, किसी तरह भी बचाना था। मैंने एक प्याला कॉफी का पिया और दफ्तर जाने से पहले देवीकुमार के घर जाकर उसे बुलाकर नहर वाली सड़क पर ले गया। यह भी सोच रहा था कि मैं शायद बात को सीधी करने की जगह और उलटी न कर दूं। जो किसी लड़की से दो हजार रुपये मांग सकता था, वह मुझे भी किसी उलझन में डाल सकता था।

अजीब हालत थी। मैं देवीकुमार पर शक करना चाह रहा था, पर शक करने वाली मुझे कोई जगह नहीं मिल रही थी। वैसे बड़ी समझदारी से भरे लफ़्ज़ों में मैंने बात शुरू की—इन्सानी मन की सच्चाई का वास्ता देकर। और किसी बचकाने, सख्त, और मेरे ऊपर ही कोई इल्जाम लगाते जवाब को सुनने की उम्मीद में मैं उसके मुंह की ओर देख रहा था कि उसने अपने होंठों को कितनी देर तक अपने दांतों में चबाकर और फिर आंखों में आते आंसुओं को रोककर मुझसे कहा था—"मुझे कोई इतना बुरा भी समझ सकता है, मैं कभी सोच नहीं सकता था..."

इन्सानी मन किसी भी रौ में बह सकता है, मैंने यह भी सोचा था कि शायद देवीकुमार मेरे आगे बात को टालने के लिए यह कह रहा था, और फिर बात को टल गई समझकर जब रक्षा को निश्चिन्त हो जाना था तो इसने आज से पांचवें दिन 'पर इस रौ में भी मुझसे बहुत देर तक

नहीं रहा गया। देवीकुमार के कहने के मुताबिक उसे चिट्ठियों वाली बात का ख्याल तक भी नहीं था। वे चिट्ठियां उसने तभी होस्टल से जाते हुए फाड़ दी थीं। और मोना नाम की लड़की को वह न कभी मिला था, न कभी उसने कोई डरावा दिया था, न कोई सोने का गहना लेकर उसके पास आया था। और देवीकुमार ने मुझे यकीन दिलाने के लिए यहां तक कहा था कि अगर मैं चाहूं तो उसे एक हफ्ते के लिए अपने किसी दोस्त के घर कैदी की तरह रख लूं और ब्याह वाला दिन किसी भी खतरे के बिना गुज़र जाए...

कुछ नहीं हो सकता था। सिर्फ यह हो सकता था कि देवीकुमार पर यकीन कर लूं। और या यह हो सकता था कि मोना को कहीं से लुढ़कर देवीकुमार के सामने लाऊं और बात को उसकी तह तक देख सकें। मोना का घर ढूंढकर मैं उसके घर गया। देवीकुमार भी मेरे साथ था। मोना की मां को देखा, और देखा कि उसने बड़े प्यार से मुझे अन्दर आने और बैठने के लिए कहा, जैसे वह मुझे जानती हो, शायद मोना के मुंह से सुनकर।

"मैं तो बेटे, खुद ही सोचती थी कि तेरे घर जाऊं, तेरे आगे झोली फैला दूं..." मोना की मां ने जब मुझे कमरे में बैठाकर और फिर मेरे पास बैठते हुए यह कहा, मैं सिर से पैर तक हिल-सा गया था। हड़बड़ाकर बोला था, "लगता है, आपने मुझे गलत पहचाना है..."

"तन बूढ़ा हो जाता है बेटे, नज़र बढ़ी नहीं होती। मैंने तुझे देखते ही पहचान लिया था। राकेश नाम है न तेरा? मैंने तेरी तस्वीर देखी है।" उसने जब यह कहा तो मुझे याद आया कि मैंने एक बार मोना को एक तस्वीर दी थी, मोना को नहीं, मोना के हाथ काशनी को। और मैं सोचने लगा कि मोना ने मेरी वह तस्वीर अपनी मां को दिखाई होगी।

"तेरे नाम की माला जपती है, तेरी भक्तिन। आखिर मेरे पेट की जन्मी

है, मैं उसके मन की बात नहीं समझती भला? जो किताब वह रोज रात को पढ़ती है, तेरी तस्वीर उसने उस किताब में रखी हुई है...

"मेरी तस्वीर!..." मुझे नहीं, मेरे सपनों को एक चोट-सी लगी और मैं सोच में पड़ गया कि मोना ने मेरी तस्वीर अभी तक काशनी को क्यों नहीं दी थी।

"यह देख बेटा...मैं चाहे दूर खाट पर सोई होती हं, पर जितनी देर तक आंख नहीं लगती, यह भी ताड़ जाती हूं कि वह दो पन्ने पढ़ती है, और फिर कितनी-कितनी देर तक तस्वीर को देखती रहती है..." यह कहकर वह एक सन्दूकची में से किताब निकाल लाई। किताब निकालती हुई सन्दूकची ही उठा लाई थी। कहने लगी—"किताव तो अंग्रेजी की है। पता नहीं क्या है, पर वह नियम से गीता की तरह इसे पढ़ती है।"

मैंने किताब हाथ में पकड़ी और किताब सहित मेरा हाथ ठिठक गया। 'इन्साइक्लोपीडिया ऑफ मर्डर'। किताब का नाम देवीकुमार ने भी पढ़ लिया था, उसने मेरी तरफ देखा और मैंने उसकी तरफ।

किताब में मेरी तस्वीर पड़ी हुई थी ऐसी, जैसे सफों की निशानी रखी हो। किसी-किसी सफे पर किसी पंक्ति के सामने लाल पेंसिल की लकीर थी। लकीर वाली एक पंक्ति मैंने पढ़ी, लिखा था, "छः कत्ल वह कर चुका था, सांतवां कत्ल सिर्फ इसलिए उसने किया था कि उसके ख्याल के मुताबिक सात नम्बर 'लकी' होते हैं।" पिछले कितने ही दिन भमीरी की तरह मेरी आंखों के सामने घूमने लगे और फिर लाल लकीर वाली मैंने एक और पंक्ति पढ़ी। यह किताब की इण्ट्रोडक्शन में से थी, 'कोई साइंटीफिक कारण नहीं लगता, पर यह अजीब बात है कि जो कातिल बहुत मशहूर हुए हैं, अक्सर उनके नाम ए से लेकर एम तक के अक्षरों से शुरू होते हैं..." मोनालीज़ा और मेरे कानों में गंजने लगा—"मेरा नाम एस से शुरू होता है, पर मैं चाहती हूं कि मेरा

नाम कोई वह हो, जो ए से लेकर एम तक के बीच के अक्षरों से शुरू हो।" ये अक्षर मेरे कानों में गूंज रहे थे और मुझे लगा कि मेरी ज़बान मेरे मुंह में लकड़ी की तरह सूखती जा रही थी, और मेरे सिर को चक्कर आ रहे थे।

किताब में से मैंने अपनी तस्वीर निकाल ली, और किताब को सन्दूकची में रख दिया। सन्दूकची का ढक्कन बन्द करते हुए एक ख्याल मुझे आया और मेरा हाथ वहीं का वहीं रुक गया। मैंने ढक्कन फिर उठाया। उलट-पलट की ज़रूरत नहीं थी, सामने वे सारे कागज़ पड़े थे, जिनपर मैंने नज्में लिखकर काशनी को भेजी थीं। मैंने एक-एक कर सारे कागज़ उठा लिए। यह सोचने लायक वक्त नहीं था कि यह सब कुछ मोना ने काशनी को क्यों नहीं दिखाया। सिर्फ यह सोच रहा था कि अगर इस सन्दूकची की मालकिन की मां इन कागज़ों को ले जाने से रोकेगी तो उस वक्त क्या कहूंगा; पर उसने खास कुछ नहीं कहा, सिर्फ "ये कागज़ तेरे हैं बेटा! जो तुझे ज़रूरत है तो ले जा..."

उसने मौके को संभाल लिया लगता था। मेरा मुंह कोई खुश नहीं दिख रहा होगा। उसने भी देखा होगा। मेरी तस्वीर भी मेरे हाथ में थी। उसने कुछ नहीं कहा। वैसे बात करने लगी, शायद सिर्फ बात करने के लिए, "अपनी हिम्मत से ही इतना पढ़-लिख गई है, नहीं तो सिर पर बाप नहीं है, कौन पढ़ाता..."

बाप का ज़िक्र सुनते ही मेरे मन में कुछ खरोंच-सा गया। मैंने पूछा, "वह कितने बरस की थी, जब उसका बाप मर गया था?"

"जाने किस जन्म में पाप किया था बेटा, इधर यह लड़की गोद में आई और उधर इसका बाप चल बसा..." वह पल्ले से आंखें पोंछती हई कहने लगी। पैरों के नीचे से ज़मीन निकलने का मुहावरा मैंने सुना हुआ था, पर उस वक्त मुझे सचमुच यह लगा कि मेरे पैरों के नीचे से

निकलकर पता नहीं ज़मीन कहां चली गई थीं। किसी ज़मीन को संभालने की कोशिश में मैंने कहा, "मुश्किल से दस-बारह साल की होगी, जब इसका बाप..."

"दस-बारह बरसों की कहां बेटा, दस-बारह महीनों की...उसे तो बाप का होश भी नहीं, दस-बारह महीने के बच्चे को क्या होश होता है..."

मुझे लगा कि मेरे पैरों के नीचे से ज़मीन निकल गई थी, पर अभी मुझे पैरों के नीचे कोई और ज़मीन मिल गई थी। मैंने उसे पूछा, "तुमने बड़ी मुसीबत के दिन देखे होंगे? उसके चाचा-ताऊ ने उसे पाला और पढ़ाया होगा..."

"ना कोई आगे ना कोई पीछे, उधर उसके ननिहाल में कोई मामा नहीं, मामा को बड़ी ममता होती है बेटे! इधर ददिहाल में ना कोई चाचा ना ताऊ। चाचा-ताऊ भी हो तो नाक रखने के लिए कुछ करते ही हैं ना।"

वह पल्ले से अभी भी आंखें पोंछ रही थी। जिस वक्त मैं उठ बैठा, देवीकुमार भी उठ बैठा। "बेटा! बिन मुंह जुठाले ही चल दिए...कुछ मिनट बैठ जाओ, मैं चाय का चूंट बना लाती हं...." बात उसके मुंह में थी, जिस वक्त मैं ड्योढ़ी में था। कुछ नहीं कहना था, पर इस बेचारी औरत के मन से भ्रम दूर करने के लिए मैंने कहा, "मुझे बड़ी जल्दी है इस वक्त, वह आएगी तो कह देना, तेरे वीराजी पाए थे..."

'वीराजी' लफ्ज़ के साथ मुझे अपने होंठों के ऊपर भी एक छाला पड़ गया लगा, और मैंने देखा कि सामने खड़ी उस बेचारी बूढ़ी औरत की ज़बान पर भी एक छाला पड़ गया था। वह मेरे मुंह की तरफ देखने लगी—सामने दिख रहा था कि मोना ने जो कुछ भी मेरे बारे में बताया था, उस 'कुछ' में मेरे वीराजी होने की सम्भावना बिल्कुल नहीं थी।

इसके बाद मुझे पता नहीं कि मोना कब अपनी मौसी के गांव से आई होगी, उसकी मां ने उसे क्या पूछा और बताया होगा। मोना फिर मुझे मिलने नहीं आई। रक्षा का ब्याह हो गया, पर कोई घटना नहीं हुई। सिर्फ घर में एक खलबली मची रही थी कि घर में से किसी भेदी ने सोने का गोखरू चुरा लिया था।

रक्षा चुप रहना चाहती थी। मोना को दिए हुए गोखरू वाली बात बताते हुए उसे सारी बात बतानी पड़ जाती। वह यही शुक्र कर रही थी कि गोखरू खोकर उसकी जान सुर्खरू हो गई थी। देवीकुमार ने रक्षा को शायद कोई सन्देशा या सौगात नहीं देनी थी, पर अब एक दोस्तदिल होने का सबूत देने के लिए उसने मेरे द्वारा कुछ किताबें और एक घड़ी भेजी।

मैं मोना को एक बार मिलना चाहता था। एक-एक बात पूछकर उसके मुंह का रंग देखना चाहता था—मोनालीज़ा के मुंह का रंग—कि सुना, मोना का ब्याह हो गया था। मकान की मालकिन ने मुझे यह खबर बताई थी। तो फिर उसने होंठ काटते हुए यह भी बताया था कि "लोग तिल का पहाड़ बनाते हैं, कहते हैं कि उसे दिन चढे हुए थे, इसलिए रातोंरात उसके फेरे डाल दिए गए—क्या पता इसलिए कि मर्द उसका हमउम्र नहीं है। सुना है, बड़ी उम्र का है, वैसे कहते हैं, बड़ी ज़मीन का मालिक है...लोगों को जलन भी तो बहुत होती है...किसीको भरा-पूरा देखकर खुश नहीं होते..." तो फिर वह मेरी तरफ देखती, मुझे घूरती-सी कहने लगी थी, "तुझे भी उसने ब्याह की खबर न की? वैसे तो 'वीराजी, वीराजी' कहती के होंठ सूखते थे।"

हादसे जब होते हैं तो होते ही जाते हैं। कुछ महीने बीते थे, मकान-मालकिन ने मुझे दफ्तर से आते हुए दरवाजे पर ही रोक लिया। दोनों हाथ मलते हुए कहने लगी—"तूने कुछ सुना है, मैंने तो जुल्म की बात सुनी है...बदनसीब ने उलटी पट्टी पता नहीं कहां से पढ़ ली..." उसने

अपनी बात में अभी तक मोना का नाम नहीं लिया था, पर मुझे पता था, वह उसकी बात कर रही थी, कहने लगी, " आंखों से देखा नहीं, पर सुना है कि दरवाजे में घुसते ही हवेली उसने अपने नाम लिखवा ली थी, फिर पता नहीं उसे काहे का दुःख था, परसों-चौथे दिन उसने अपने मर्द को काट डाला, सोते पड़े को। फिर कहते हैं, टुकड़े-टुकड़े करके सारी रात उसे कागजों में बांधती रही। रंगदार कागजों पर उसने चांदी के वरक लगाए और टोकरे में ऐसे रख लिए, जैसे पिन्नियां रखी हों। सुबह जब नौकर-चाकर जागे तो उन्हें कहने लगी, शाहजी सुबह ही कहीं बाहर चले गए हैं। फिर मोटर में टोकरे रखवाकर खुद ही मोटर चलाकर कहीं चली गई, किसी कुएं या खाई में फेंकने गई होगी। कम्बख्त ने चांदी के वरक लगाए होंगे कि घर के नौकरों को कोई शक न पड़ जाए। दोपहर के वक्त लौट आई। दो दिन तो किसीको शक नहीं हुआ; पर खून कहां छुपता है! सात पर्दों में भी बोलता है। शाहजी बाहर से लौटकर ही न आए। फिर पता नहीं मुंशी-मुनीमों को शक पड़ गया कि किसको, किसीने पुलिस को खबर दे दी, और फिर कहते हैं, पुलिस ने कुछ चीलें देखीं, जिनकी चोंचों को वरक लगे हुए थे। जहां चीलें बार-बार उड़ती थीं, पुलिस ने ज़र्रा-ज़र्रा वह जगह छान डाली और फिर जो ढूंढ़ना था, ढूंढ़ लिया। पुलिस दरवाजे पर आ बैठी। पुलिस के हाथों से कहां जाती! अन्दर घुसकर कुण्डी लगा ली, और फिर पता नहीं क्या फांक लिया था, पुलिस ने जब दरवाजा तोड़कर उसे निकाला तो वह मरने के करीब थी। हस्पताल ले गए। पता नहीं बचती है कि नहीं, वैसे भी पूरे दिनों से थी...

"उसकी मां को खबर देने आज कोई मुंशी आया था। सारी बात पड़ोसियों को भी सूना गया है। सवेरे अखबारों में भी यह बात आ जाएगी..."

बात अखबारों में आनी थी, आ गई। और फिर यह भी खबर है कि वह हस्पताल में मर गई थी। इस बात को भी कितने दिन बीत गए हैं; पर

कभी बैठता हूं, सोचता हूं तो मेरे सामने एक तरफ मेरी वे नज़्में आ जाती हैं जो मैंने काशनी के लिए लिखी थीं—या यह कह सकता हूं कि मोना ने काशनी के नाम पर मुझसे लिखवाई थीं और एक तरफ इन्साइक्लोपीडिया ऑफ मर्डर का एक नया पन्ना, जो उस किताब से बाहर है, फिर उस किताब में है। और इन दोनों के बीच वह आ जाती है—मोनालीज़ा... नहीं, मोनालीज़ा नम्बर दो। और उसकी वे सारी बातें, जिन्हें वह खुद ही गढ़ती थी और आप ही सुनाती थी और फिर उससे उपजी किसीकी हैरानी और परेशानी को देखकर वह मुस्कराना चाहती थी। मोनालीज़ा जैसी मुस्कराहट! नहीं, मासूम भेदों की भरी हुई नहीं, भयंकर भेदों से भरी हुई मुस्कराहट!

खाली कैनवस

सिल्वीया के साथ ऐसी घटना आज दूसरी बार घटी थी। पहली बार तब, बहुत साल हुए, जब उसने अपने स्टूडियो का दरवाजा हमेशा के लिए बन्द करने से पहले, एक बार दरवाजे के पास खड़ी होकर स्टूडियो की एक-एक चीज़ को आखिरी बार देखा था : बालकान पहाड़ों के, और उसके तलुवों के नीचे बिछी वादी के लैंडस्केप, और अंधेरे में फिसलते और चढ़ते सूरज की लाली में भीगते उसके कई अजीब सपनों के इमेजेज़। इन तस्वीरों में कई तस्वीरें ज़िन्दगी की हरियाली को ऊसर की तरह चाटती जंग की भयानकता की भी थीं। और एक इस भयानकता को फैली-फैली आंखों से देखती, उसकी सैल्फ-पोर्ट्रेट भी थी। उसने अपने हाथों से ये सब तस्वीरें दीवारों पर लगाई थीं। एक तरफ एक ईज़ल को टिकाकर उसपर एक खाली क़ैनवस भी रखी थी, और सारे ब्रश अच्छी तरह धोकर पास ही एक स्टूल पर रख दिए थे, पर उस वक्त वह उन्हें आखिरी नज़र ऐसे देख रही थी—जैसे पिछली सदी में हुई किसी आर्टिस्ट का म्यूज़ियम पहली बार देख रही हो—और फिर एक हसरत से और एक अदब से वह दरवाज़े का आधा किवाड़ भिड़काकर, बाहर आने लगी थी कि दूसरे आधे किवाड़ को भिड़काते समय उसकी नज़र कांप गई थी—सामने कमरे में पड़ी उसकी पोर्ट्रेट के होंठ हिल रहे

थे...अपनी सांस उसे रुक गई सी लगी थी। अर्धचेतन-सी हालत थी, पर इस हालत में भी उसे यह नहीं भूल सकता था कि कैनवस पर खींचे हुए होंठ हिल नहीं सकते...पर उसने हिलते देखे थे...सिर्फ एक बार, आंखें झपकाकर फिर से देखने पर दूसरी बार नहीं। जैसे किसीने कुछ कहने के लिए होंठ हिलाए हों, पर फिर चुप रहना ही ठीक समझा हो, और होंठ भींच लिए हों...

उस दिन उसने उस पल के भेद को समझने के लिए या शायद पूरी तरह होश में आकर उस पल पर हंस सकने के लिए पहली बार एक पब में जाकर तीन गिलास बीयर पी थी, और पहली बार इतने सिगरेट पिए थे कि हर नये सिगरेट को वह पहले खत्म होते सिगरेट की आग से ही सुलगा लेती रहती थी...

यह तीन साल पहले की बात थी, उसे बिल्कुल भूल चुकी थी, पर आज उसे इस तरह याद आई, जैसे उसकी कंपकंपी आज भी कहीं उसके जिस्म में पड़ी हुई थी...और आज फिर उसी जैसा कुछ हो रहा था, उसके सामने एक बहुत बड़ी कैनवस थी : एक बड़ा शाहाना कमरा, गद्दों पर वैल्वेट बिछी हुई, और बहुत सारे लोग एक जश्न-सा मनाते हुए—मेज़ों पर काले अंगूरों के गुच्छे, पनीर के टुकड़े, कवाब की प्लेटें और बड़े-बड़े जार लाल शराब के भरे हुए...एक कोने में सफेद पत्थर का वीनस का बुत पड़ा था और एक कोने में कोई पियानो बजा रहा...और सिल्वीया को लगा कि हर चीज़ उसी तरह ही अडोल थी, वैसे कैनवस पर पेंट की हुई हर चीज़ अडोल होती है, पर पियानो में से संगीत की आवाज़ पा रही थी...

आज की घटना, और तीन साल पहले की घटना एक-दूसरे के अचम्भे में मिलकर सिल्वीया के सारे अंगों को कील गईं। उसने पैर को हिलाना चाहा पर हिला नहीं, बांहें, कोहनी, हाथ, अंगुलियां...कुछ भी नहीं हिला। जैसे सब कुछ सो गया था, सिर्फ कान जागते थे—कान सिर्फ

जागते नहीं लग रहे थे, पियानो के स्वरों में से उठते संगीत को छु रहे, पकड़ रहे भी लग रहे थे—वैसे सारे अंगों की जान इकट्ठी होकर सिर्फ कानों में आ गई थी...

और फिर सिल्वीया को लगा—सिर्फ पियानो के स्वर ही नहीं हिल रहे थे, पियानो के स्वरों पर जिसकी अंगुलियां थीं, वह कोई भी हिला था, उसने गर्दन घुमाकर सीधा सिल्वीया की आंखों में देखा था, और फिर उसने धीरे से, पर बड़ा स्पष्ट कहा था, "आई एम प्लेइंग फार यू..."

जितने भी कम्पन एक जिस्म में समा सकते हैं, सिल्वीया को लगा, उसके जिस्म में समा गए थे...

यह एक आंख झपकते पल का तजरुबा नहीं था, यह एक लंबे समय का कुछ था—इतने लम्बे समय का, कि जिसमें समय का ज्ञान भूल जाए...

समय का ज्ञान सिल्वीया को बहुत देर बाद हुआ। बहुत देर बाद वह सोच सकती थी कि यह कोई पचास या साठ मिनट का अरसा था...पर इस गिनती-मिनती तक पहुंचते भी वह समझ सकती थी, और मुस्करा सकती थी कि यह मिनट सिर्फ इतने ही नहीं थे, यह एक अनन्तता से टूटे हुए एक टुकड़े की तरह थे...

समय के हाथों ही समय का यह टुकड़ा टूटा था—उस वक्त, जबकि पियानो में से आती आवाज़ बन्द हो गई थी, और वैल्वेट के गददों पर बैठे लोग तालियां बजाने लगे थे...सिल्वीया को कितनी ही देर तक कुछ पता नहीं लगा कि अचानक यह क्या हो गया था। उसके अपने हाथ हिलाने पर भी नहीं हिले। सिर्फ उसके होश को एक सख्त और अचानक धक्का लगा था, जैसे लोगों के हाथों से निकलती तालियों की सारी आवाज़, एक पहाड़ पर से गिरती कंकरी की तरह, उसके होश पर गिर गई हो...अनन्तता से समय का एक टुकड़ा टूट गया था। पर सिल्वीया को एक अजीब सकून-सा मिला था—एक्स्टेसी की हद तक—

यह टुकड़ा सिर्फ उसके लिए टूटा था, उसके खातिर, और अब यह सिल्वीया की निजी मिल्कियत थी।...

आज की घटना और आज से तीन साल पहले की घटना, जो आज शाम सिल्वीया को एक जैसी लगी थी, अब गहरी रात हुई तो वह देख सकती थी कि वह एक-दूसरे की तरह होती हुई भी एक-दसरों से उलट थीं—किसी एक कागज़ के एक तरफ, और दूसरे तरफ, की तरह। तीन साल पहले उसने एक कैनवस के होंठ मांस के होंठों की तरह फड़कते देखे थे और आज मि० क्रांचेविच के बंगले का जश्न उसने एक कैनवस में कल्पित कर लिया था...

और इन दोनों घटनाओं का, उसके बदन की नसों में चलता असर भी एक-दूसरे से बिल्कुल उलट था...

तीन साल पहले उसके बदन में तिल-तिल करके उसकी जान टूटती गई थी, और आज थक-थक उसकी नसों में कुछ भर रहा था, सुलग रहा था...

इतना कि क्रांचेविच के बंगले से वापस आकर उसने जब कपड़े बदले थे, सिल्क का पतला नाइट सूट पहने, वह तब से अपने कमरे की खिड़की में खड़ी थी—बाहर रात का अंधेरा भी चांदनी के अनेकों भेद छाती में डालकर, विल्कुल गहन गम्भीर खड़ा हुआ था, और खिड़की के अन्दर सिल्वीया भी।

और फिर रात जैसे धीमे से सूरज की पहली रोशनी की तरफ सरकती है—सिल्वीया अपने सोए हुए खाविन्द के पलंग के पास जाकर धीरे से उसके बदन से लिपट गई।

"सिल्वी...' पतली, नर्म, खिड़की की ठंडी हवा से ठिठुरी, पर एक मजबूरी से अपने चारों तरफ लिपटी बांहों को, उसके पति ने अपने साथ दबाया और फिर सिर्फ उसकी आंखें ही नहीं, उसकी नसों का खून भी जाग पड़ा।

आज सिल्वीया की आवाज़ सिर्फ उसके गले में नहीं थी, हाथों के पोरों में भी थी और उसके खाविन्द ने जब उसकी अंगुलियों के पोर अपने होंठों से छुए तो उसे लगा, जैसे वह सिल्वीया के होंठ छू रहा था...

"आज पहली रात मुझे लग रहा है," सिल्वीया की दहकती सांसों में कितने ही लफ्ज़ सुलग पड़े, "कि मैं बीवी हूं, तुम्हारी बीवी और मैं तुम्हें प्यार करती हूं..."

"सिल्वी..." सिल्वीया के खाविन्द को एक हल्का-सा खौफ हुआ कि शायद वह जाग नहीं रहा था, और वह सिल्वीया की आवाज़ सपने में सुन रहा था...

उसने सिल्वीया को प्यार किया था, तब भी जब वह कालेज में पढ़ती थी, और उसका नाम 'सोफिया ब्यूटी' होता था। सोफिया ब्यूटी भी, वाइल्ड ब्यूटी भी, और लिली ऑफ द वैली भी। सिल्वीया के साथ पढ़ने वाले लड़कों ने अपनी शर्ते हारी थीं, अपना दिल हारा था, पर सिल्वीया उनके साथ मिलकर पढ़ती, उनके साथ मिलकर घूमती भी, हमेशा एक ऐसी दूरी पर खड़ी रही थीं, जहां किसीका हाथ नहीं पहुंचा था। और उसके पीछे-पीछे, आए दिन, उसका एक नाम पड़ता रहा था—'ब्यूटीफुल डेविल, क्वीन ऑफ हेल, ब्लैक डायमंड...' और उसने जब सर पर लाल स्कार्फ बांधा होता था, उस दिन कालेज में एक-दूसरे की तरफ देखकर कई कहते थे, 'ए पैच ऑफ रैड'। और उसने जब नीले रंग की स्कर्ट पहनी होती थी, उस दिन—ए पैच ऑफ ब्लू'...

पर यह सब कुछ सिल्वीया तक नहीं पहुंचा था। कानों तक शायद पहुंचा होगा, पर इससे आगे किसी सोच-फिक्र तक नहीं। उसने मई-जून के आकाश की तरह सबको सीधा-सादा जवाब दिया था कि वह कभी शादी नहीं करेगी। वह सारी उम्र अकेली रहेगी, और पेण्ट करेगी...और फिर अगले बरसों में हर किसीने उसे रीला पहाड़ों के पहल में बैठे और पेण्ट करते देखा था...और फिर सुना था कि जंग में उसके भाई की मौत

के बाद उसके मां-बाप उसकी मिन्नत कर रहे थे कि उनका उजड़ता घर बिल्कुल उजड़ जाएगा अगर वह शादी न करेगी...

"स्टांचेव," सिल्वीया ने सुलगकर कहा।

"मैं सोच रहा था कि आज की रात सपना है।"

"और क्या सोच रहे थे?"

"सोच रहा था—मैंने तेरे साथ एक तरह के ज़बरदस्ती ब्याह किया था..."

"हां, एक तरह से ज़बरदस्ती, पर जबरदस्ती भी नहीं। असल में मैं तुम्हें—किसीको भी ना कर सकती थी, पर अपनी मां को ना करने लायक नहीं रही थी। मेरे भाई की मौत के बाद..."

"मुझे सब कुछ याद है सिल्वी! और ब्याह के लिए 'हां' करने के बाद जिस दिन तूने स्टूडियो को बन्द किया था, उस दिन तू बड़ी डैस्परेट एक पब में बैठकर बीयर पीती रही थी..."

उस दिन मेरे साथ एक अजीब घटना घटी थी, मैंने कभी किसीको नहीं बताई, तुम्हें भी नहीं—उस दिन जब मैंने स्टूडियो का दरवाज़ा बन्द करने से पहले आखिरी बार अपनी सारी चीजे देखी—अपनी तस्वीर भी—मुझे लगा, मेरी तस्वीर में मेरे होंठ हिले थे, और मुझे कुछ कहने लगे थे, पता नहीं क्या, और फिर...

"मुझे पता है सिल्वी! तूने मेरे साथ ब्याह करने की हां कर दी थी, पर तुझमें वह भी, 'तू' थी जिसने हां नहीं की थी, और वही 'तू' तस्वीर में से उठकर कुछ कहने लगी थी-ना करने लगी थी..."

"हां स्टांचेव!"

"जो मेरी ज़िन्दगी एक डिप्लोमेट की ज़िन्दगी न होती, मैं तुझे एक फुर्सत दे सकता, तू पेंट कर सकती, तू जैसे चाहती, कर सकती 'मुझे याद है, अपने डिप्लोमेट हल्के में जब मैंने तुझे वाकिफ करवाया था, तुझे सब कुछ कितना अजीब और बनावटी लगा था..."

"आई फेल्ट डिस्गस्टिड..."

"मुझे पता है।"

"लोग हमेशा एडजेक्टिव को प्यार करते हैं, पर मैं किसी..."

"तू किसी एडजेक्टिव को प्यार नहीं कर सकती, तेरे जैसे लोग सिर्फ नाउन को प्यार करते हैं..."

"आज से पहले नहीं कह सकती थी, पर स्टांचेव! आज कह सकती हूं—मैं तुम्हें प्यार करती हूं।"

"सिल्वीया, यह सच है?"

"हां स्टांचेव! मैं स्टांचेव को प्यार करती हूं, पर स्टांचेव द एम्बैसेडर ऑफ..."

स्टांचेव ज़ोर से हंसा, और उसने कसकर सिल्वीया को अपने साथ लगा लिया, "नहीं, किसी एडजेक्टिव को नहीं, सिर्फ नाउन को..."

"पहले मैं तुम्हारे एडजेक्टिव को तुम्हारे नाउन से अलग नहीं कर सकती थी, पर आज अलग कर सकती हूं—"

"आज?"

"आज मैंने भी, इस 'मैं' को मिसेज़ स्टांचेव से अलग करके देखा है... असल में कुछ भी बनने से पहले किसीको 'मैं' ज़रूर होना होता है। स्टांचेव! तुम्हारे साथ ब्याह होने से लगा, मेरा 'मैं' खो गया था..."

"और आज?"

"वह मुझे मिल गया है।"

"सिल्वीया की शकल में, पर मिसेज़ स्टांचेव का क्या होगा?"

"जब सिल्वीया कायम है, एक नाउन की शक्ल में, फिर उसके साथ कोई भी एडजेक्टिव लग जाए, उसे मंजूर है—कोई शायद नहीं समझेगा, पर तुम..."

"मैं समझ सकता हूं सिल्वी! सिर्फ मुझे यह पता नहीं लगता था कि मैं तुम्हें आज वाली 'तू' किस तरह बनाऊं। पर यह कैसे हुआ सिल्वी?

दोपहर तक मैं तेरे साथ था, आज शाम को दो दावतें थीं, दोनों जगह पर ज़रूर जाना था, इसलिए एक तरफ मैं गया, एक तरफ तुझे जाने के लिए कहा...'

"हां, मि० क्रांचेविच की दावत में। वहां किसीने पियानो बजाया था..."

"हां, वहां एक बहुत अच्छे पियानो-प्लेअर को आना था, उसका नाम शायद आंदरे..."

"मुझे उसका नाम पता नहीं, मैंने पूछा भी नहीं,...सिर्फ उसने पियानो बजाया था, और मैंने सुना था...और मेरे सुनने का शायद उसे पता लग गया था, और उसने कहा था, आई एम प्लेइंग फार यू।"

और सिल्वीया, कांपकर, चौंककर अपने खाविन्द की बांहों में और सिमट गई—"यू अंडरस्टैंड स्टांचेव! इट वाज़ मी, ही वाज़ प्लेइंग फार... सो आई ऐगजिस्ट...आई, एज़ ए नाउन..."

स्टांचेव ने सिल्वीया के होंठ छुए-शायद सिर्फ होंठों की खातिर नहीं, होंठों पर आज जो कुछ आ रहा था, उसे भी अपने अन्दर उतार सकने के लिए...

"बहुत देर से एक कैनवस खाली थी, शायद वही कैनवस, जो मैंने तीन साल हुए, अपने कमरे को बन्द करते वक्त ईज़ल के ऊपर रखी थी—पर आज कैनवस खाली नहीं...उस कैनवस पर मेरा नाम, मेरा अस्तित्व..." अगले कई लफ्ज़ सिल्वीया की सांसों में से निकलकर स्टांचेव की सांसों में मिल गए-कानों के माध्यम से नहीं, होंठों के माध्यम से।

एक दुखान्त

'अपनी आग से खुद ही जल गए कुकनूस की राख में से—यूनानी मिथ के अनुसार—जैसे एक नया कुकनूस जन्म लेता है,' सुकुमार को लगा, 'कीत्ति से उसका पहला रिश्ता बिल्कुल खत्म हो गया था, और उसी खत्म हुए रिश्ते की राख में से एक नये रिश्ते ने जन्म ले लिया था....

'एक गैर मर्द से एक जवान हो रही लड़की की वाकफियत हमेशा समय और अपने वर्ग के संस्कारों को साथ लेकर चलती है, सुकुमार ने सोचा, 'उसकी और कीत्ति की वाकफियत भी चिर संस्कारों को साथ ले आगे बढ़ी थी, उसके मुताबिक उनका एकदूसरे को बहन-भाई कहना बिल्कुल स्वाभाविक था।'

'आदमी आगे बढ़ता है, सुकुमार ने फिर सोचा, 'पर संस्कार एक सीमा पर आकर ठहर जाते हैं। आदमी बुद्धि के सहारे आगे बढ़ता है, संस्कार पांवों के सहारे...पांवों की थकावट एक सीमा से आगे बढ़कर पांव के छाले बन जाती है, ज़ख्म भी बन सकती है... शायद इसलिए संस्कारों को अपने पांवों का बहुत ध्यान रहता है...'

'पर सोच कहीं भी पहुंच सकती है,' सुकुमार के होंठों पर एक हल्की-सी मुस्कान आ गई, 'एक जन-संधी से सार्त्र तक...'

'मैंने जब भी राजनीति को अपनाया..,' सुकुमार ने अपने बीते दिनों को याद करना चाहा, 'उस लहर के उद्देश्य से प्रभावित होकर नहीं, वह घर के एक खास तरह के माहौल से निकलने का मेरा प्रयासमात्र था...मेरे बाप ने मुझे समझने की कभी कोशिश नहीं की, सदा अपनी मर्जी के अनुसार चलाने का यत्न किया—डांट-डपट से, मार-पीट से। बाप मेरे हाथों में इंजीनियरिंग के औज़ार पकड़े देखना चाहता था, पर मैं अपने हाथों में आर्ट तथा लिटरेचर की किताबें लिए रहना चाहता था...'

'पिता से कुछ कह सकना, उसे समझा या मना सकना जैसे घर के बाहर वाले दरवाज़े की तरह था, और जिसे बन्द कर उसकी चाबी पिता ने अपनी जेब में डाल रखी थी—पर राजनीति घर के पीछे की ओर रात को खुली रह गई खिड़की की तरह थी...और मैंने बाहर खुलने वाले दरवाजे को एक दिन बड़ी हसरत-भरी नज़र से देखा था, और फिर उस खिड़की में से आधी रात को अंधेरे में कूद गया था।' सुकुमार ने आज से सोलह वर्ष पहले की उस घटना के बारे में सोचा, जब उसने एक दिन चुपचाप अपने मां-बाप के घर से निकल राजनीति का सहारा लिया था।

'आदमी के विचारों तथा आवश्यकताओं को कहने, सुनने और समझने वाला बहन-भाई का सम्बन्ध भी घर के उस बाहर वाले दरवाज़े की तरह ही होता है, जिसकी चाबी उस रिश्ते ने अपनी जेब में डाली हुई होती है,' सुकुमार को हंसी आ गई, 'पर स्त्री तथा पुरुष का एक-दूसरे के प्रति स्वाभाविक आकर्षण घर के पीछे की ओर रात को खुली रह गई उस खिड़की की तरह होता है, जिसमें से मनुष्य के विचार तथा आवश्यकताएं किसी न किसी रात को बाहर के अंधेरे में छलांग लगा देते हैं...'

और सुकुमार को याद आया कि कीत्ति से जब उसकी वाकफियत हुई थी, वह अपनी राजनीतिक पार्टी के अखबार का सहायक संपादक

था। कीत्ति, दसवीं में पढ़ने वाली एक लड़की थी। एक दिन बड़े उत्साह से एक लेख लिख वह उसके पास आई थी। अपनी हैड मिस्ट्रैस से एक सिफारिशी चिट्ठी भी साथ लाई थी। भले ही उसने यह लेख छापा नहीं था, पर और अच्छा लिखने के लिए उसे सुझाव दिए थे। फिर कीत्ति अक्सर उसके पास आती रही थी। उसने कई किताबें कीत्ति को पढ़ने के लिए दी थीं, और जब कीत्ति ने बड़े भोलेपन तथा सादगी से उसे भाई साहब कहा था, तो उसने उसी सादगी से उस संबोधन को स्वीकार कर लिया था।

फिर दो वर्ष वे मिलते रहे थे। तब वह कीत्ति के शहर बम्बई में था। और फिर उसे वह शहर छोड़ना पड़ा था। वह शहर-शहर घूमता रहा था, पर कीत्ति के पत्र उसे सब जगह मिलते रहे थे। फिर दो वर्ष पश्चात् एक दिन कीत्ति का ऐसा पत्र आया था, जिसमें वही पहले वाला सम्बोधन था—'भाई साहब!' पर खत की बाकी इबारत कुछ इस प्रकार थी, जैसे बहन-भाई के रिश्ते वाले बंद दरवाजे को उसकी इन्सानी ज़रूरतों ने एक बार बड़ी हसरत से देखा हो, और फिर मर्द और औरत के स्वाभाविक आकर्षण वाली पीछे की खिड़की में से बाहर अंधेरे में छलांग लगा दी हो...खत में लिखा था—'मेरी मां और मेरा बड़ा भाई मेरा विवाह कर देने के लिए उतावले हो रहे हैं। आप चाहते हैं, मैं पढ़ूं , बहुत पढ़ूं। मैं विवाह नहीं करना चाहती, पर कोई मेरी बात नहीं सुनता। बड़ी उदास हूं, सोचती हूं...अगर आप पास हों तो आपकी छाती से लग खूब रोऊ। दोनों बांहें आपके गिर्द डाल दूं, फिर आप मुझे अपनी बांहों में कस लें। मेरी छाती में धड़कता सब कुछ अपनी छाती में भर लें...'

इस दौरान सुकुमार की सोच के कदम बड़ी तेजी से आगे बढ़े थे। उसके अन्दर का राजनीतिक वर्कर बहुत पीछे रह गया था। और अब जो कुछ उसके गिर्द था, या उसके साथ था, उसे भी वह केवल दूर से

ही देख रहा था। उसके अन्दर रहकर भी दूर से देख रहा था...कामू के 'आउटसाइडर' की तरह...वैसे इन्सान के मन को देखने-समझने की उसकी दिलचस्पी कायम थी...किसी एक व्यक्ति में, भले ही वह एक हसीन औरत ही क्यों न हो, उलझकर और उसके बीच जज़्ब होकर, या उसे खुद में जज़्ब कर, देखने या समझने की तरह नहीं...एक फासले पर खड़े हो एक दर्शक की तरह देखने और समझने की मानिन्द!

पत्र के साथ कीत्ति ने उसे अपनी एक तस्वीर भेजी थी छोटीसी। उत्तर में सुकुमार ने उससे उसकी एक बड़ी तस्वीर की मांग की। उसके बाद एक और तस्वीर की मांग की—वे तस्वीरें कभी सामने से ली हुई होतीं, कभी दाईं ओर से, कभी बाईं ओर से, कभी बहुत करीब से, कभी बहुत दूर से... सुकुमार उसे हर तरफ से, हर कोण से, हर अंग तथा हर नज़रिये से जानने का यत्न कर रहा था।

फिर कीत्ति की तस्वीरें वह कुछ ऐसे देखता रहा, जैसे किसी किताब की हर लाइन बड़े ध्यान से पढ़ रहाहो। सार्च के फल्सफे की तरह सार्च का अस्तित्व उसके अपने अस्तित्व में उतरता जा रहा था। सार्त्र ने अस्तित्ववाद को जिस ठौर पर पहुंचा दिया था, सुकमार ने अपनी सोच को भी उसके समकक्ष जा खड़ा किया था...इतनी मंज़िल उसने तय कर ली थी। केवल इस मंज़िल का कोई प्रमाण उसके पास नहीं था।

'मन की अवस्था प्रमाण नहीं हुआ करती, प्रमाण तो रचना हुआ करती है।' सुकुमार जानता था, और जानता था कि वह अगर सा है तो बिना किसी उपलब्धि के। 'आइरन इन द सोल' सार्त्र ने भोगा भी था और उसे कागज़ पर भी उतारकर दिखाया था, पर सुकुमार ने केवल भोगा-भर था।

इस फर्क को वह जानता था...आत्मा में चुभ रही लोहे की नोक की तरह जानता था। और इस चुभन की पीड़ा से व्याकुल हो सुकुमार ने सोचा

कि उसे एक ऐसी औरत की ज़रूरत थी जो न उसकी बहन हो सकती थी, न बीवी, वह केवल 'सिमन' हो सकती थी...सार्च की ज़िन्दगी में ज़िन्दगी-भर के लिए आई 'सिमन', जो सार्त्र की ज़िन्दगी के एकदम भीतर भी थी और बिल्कुल बाहर भी। और जिसका अस्तित्व सार्त्र का 'सब कुछ' भी था और 'कुछ भी नहीं' भी था।

"यह 'कुछ' बहुत ज़रूरी है"—सुकमार ने कीत्ति को लिखा, "क्योंकि यह एक आदमी के कदमों को आगे बढ़ाने वाली जुम्बिश है। और यह सिला भी बहुत ज़रूरी है, क्योंकि इसके बिना सब कुछ महदूद हो जाता है और आदमी के पास कोई ऐसा स्थान नहीं बच रहता जहां वह ज़िन्दगी के तजुर्बे और ज्ञान को रख सके..." और सुकुमार ने कीत्ति को लिखा—"विवाह का सवाल पैदा नहीं होता। केवल साथ का सवाल पैदा होता है। यह सवाल मैं तुम्हारे सामने रखता हं, अगर बन सके तो जवाब ज़रूर देना।"

'मर्दों और औरतों के जिस्म बांसों के जंगल की तरह होते हैं'—सुकुमार ने कीत्ति को खत लिखने के बाद सोचा—'आग कहीं बाहर से नहीं आती, बांसों की रगड में से ही पैदा हो जाती है। और आज अगर सालों बाद सुकुमार और कीत्ति की वाकफियत, बांसों की तरह टकरा, आग बन भड़क उठी है, और अगर उसका पहला, वह बहन-भाई का रिश्ता, उसमें जल खत्म हो गया है, तो यह स्वाभाविक है।'

'कुकनूस के पंखों को लगने वाली आग भी कहीं बाहर से नहीं आती'—सुकुमार के भीतर जैसे कुछ थिरक उठा—'बहार के सफेद फूलों को देख उसके गले में जो व्याकुलता उठती है, वही व्याकुलता आग की लपट बन जाती है...इस आग में कुछ जलना जरूरी है।'—और सुकुमार को लगा कि पुराने संस्कार जलकर राख हुए जा रहे थे, और यूनानी मिथ के अनुसार राख में से एक नया कुकनूस जन्म ले रहा था—यह नया कुकनूस कीत्ति का वह रूप था—एक औरत का वह

रूप—जिसे पीने के लिए उस दिन सुकुमार ने अपने होंठ आगे बढ़ा दिए।

कीत्ति बहुत दूर थी। कल्पना बिल्कुल पास। सुकुमार ने दोनों बाहें फैला, जो कुछ उनमें समा सकता था, भर लिया। अपने होंठों से, कीत्ति के होंठों को छू लेने वाला, वह एक पल था जो लम्बा होता जा रहा था—या शायद एक ही जगह ठहर गया था—सुकूमार के होंठ थक गए, और सुकुमार को लगा कि कीत्ति के होंठ भी इस बीच नीले पड़ चले थे...

दो दिन बाद कीत्ति का खत आया—भींचे-तने हुए नीले होंठों में से फड़कते हुए शब्दों से भरा : कीति ने अपने सपने में सुकुमार का सब कुछ, शायद कुछ इस तरह छुआ था, कि खत लिखते वक्त भी उसके हाथों में उसके शरीर का कंपन जैसे कागज़ पर उतर आया था। सपने का एक-एक शब्द उसने लिख भेजा था। केवल उन शब्दों के स्थान पर, जो बहुत संकोचशील हो उठे थे, उसने बिन्दु डाल दिए थे—शब्द जैसे सिकुड़ गए थे। केवल बिन्दु बनकर रह गए थे...

पांच दिन भी नहीं गुज़रे थे—कीत्ति का खत फिर आया। इस लिफाफे में सिर्फ एक राखी थी। उस तरह ही जिस तरह हर साल कीत्ति उसे राखी भेजा करती थी। अभी-अभी डाकिया खत देकर गया था, अभी-अभी फिर बाहर वाला दरवाजा खटखटाया गया। सुकुमार ने दरवाजा खोला—एक लड़की जस्सी, उसके दोस्त की बहन, थी, जिसे सुकुमार की मदद से कालिज में पढ़ने का मौका मिला था, और जो बतौर शुक्रिया हर साल सुकुमार को राखी बांधने आया करती थी, और दूसरी लड़की उसके एक दूर के चाचा की बेटी थी। दोनों ने मिठाई का एक-एक टुकड़ा सकुमार के मंह में डाला और फिर उसके हाथ पर अपनी-अपनी राखी बांध दी। मेज़ पर कीत्ति का थोड़ी ही देर पहले आया लिफाफा पड़ा हआ था। जस्सी ने देखा और कीत्ति की तरफ से उस लिफाफे वाली राखी

भी सुकुमार की बांह पर बांध दी।

'जिस रिश्ते को कीत्ति ने खत्म कर दिया, खत्म कर देना मान लिया, उसकी निशानी उसने क्यों भेजी?'—सुकुमार जब अकेला रह गया तो सोचने लगा, और सोचते-सोचते उसे लगा कि कीर्त्ति किसी भी पकड़ में से स्वतंत्न हो, अपने सहज रूप में लिखने के स्थान पर, इकहरी पकड़ के बजाय दुहरी पकड़ में बंध खड़ी हो गई थी, और उसी तरह ही सिकुड़ गई थी, जैसे पिछले खत में उसके शब्द सिकुड़कर मात्न बिन्दु रह गए थे...इन्सानी रिश्तों की दुहरी पकड़ में बंधी कीर्त्ति ने सुकुमार के जलते खत के जवाब में एक वैसा ही खत लिख दिया था, और व्यवहारों तथा संस्कारों की एक ठंडी रस्म के जवाब में उसने लाल धागे का एक ठंडा टकड़ा भेज दिया था...

पिछले कुछ दिनों से सुकुमार, शाम के धुंधलके में, कीत्ति को अपने करीब महसूस करने का आदी हो गया था—पतली नाज़ुक सी कीत्ति कभी सुकुमार की बिखरी किताबों को अलतारी में सजाकर रख रही होती...कभी सुकुमार के, किताबों में से अभी-अभी लिए गए नोट्स, टाइप कर रही होती...कभी सुकुमार की कुर्सी के पाये के पास घुटनों के बल बैठ, उसकी टांगों पर सिर टिका देती...और कभी सुकुमार द्वारा चूमे गए अपने होंठों को धीरे से शीशे में देखती...और कभी धीमे से सुकुमार के बिस्तर में सरक, उस दिन दुनिया भर में हुए हादसों को कितने ही अखबारों में से पढ़कर सुनाती, और उनपर बहस करती...और फिर गहराती रात की ठंडक में कांपती, सुकुमार की बांहों में गुच्छा हुई सुलग उठती...

बाज़ से बंधे लाल-पीले धागों को खोल, जब सुकुमार अपने बिस्तर में लेटा, उस दिन भी रोज़ की तरह उसने कीत्ति को याद किया। कीत्ति हौले से उसकी बांहों में आ गई—आई नहीं ढुलकसी पडी। कीर्त्ति के गिर्द लिपटी हुई अपनी बांह सुकुमार ने कसनी चाही, बांह बेकार-सी हो गई।

कीर्त्ति का सिर सुकुमार के कंधे से सटा हुआ था—सटा हुआ नहीं—गिरा-सा। सुकुमार ने होंठ आगे बढ़ा कीत्ति के होंठों को छूना चाहा होंठ मांस के ज़िन्दा धड़कते टुकड़े की तरह नहीं—एक चीज़ की तरह शिथिल थे। और फिर सुकुमार ने कीर्त्ति के अंगों को नहीं, अपने अंगों को जगाना चाहा, पर सुकुमार को लगा कि आज उसके अपने अंग भी उसके जिस्म में से उभरे हुए जिस्म का हिस्सा नहीं थे, जिस्म से टांके हुए कुछ टुकड़ों की तरह थे...

और सुकुमार ने परेशान हो सोचा कि आज की रात—आज की रात वह वारों-त्योहारों तथा संस्कारों से स्वतन्त्र एक सहज मर्द नहीं था, आज वह वारों-त्योहारों और संस्कारों के चौखट में कसा हुआ 'भाई' नाम का जीव था। आज वह खुद भी चौखटे में जड़ी हुई एक तस्वीर की तरह दीवार पर टंगा हुआ था, और सामने कीत्ति भी एक चौखटे में कसी हुई कागज़ की तस्वीर-सी दीवार पर टंगी हुई थी...

दीवारों, तस्वीरों और चौखटों में से निकक सुकुमार कहीं चला जाना चाहता था, कीत्ति को भी ले जाना चाहता था। पर जैसे-जैसे वह सोचता जा रहा था, उसे लग रहा था कि तस्वीर को फाड़ा जा सकता है, तस्वीर को बोलने वाले होंठों में नहीं बदला जा सकता। चौखटे को तोड़ा जा सकता है, उसे चलकर कहीं जाने वाले कदम नहीं बनाया जा सकता। दीवार को गिराया जा सकता है, पर दीवार को किसी मंज़िल का साया नहीं बनाया जा सकता...

कुछ दिनों बाद कीर्त्तिका खत आया कि उसकी मां और उसके भाई ने उसके विवाह का फैसला कर लिया था। वह न अपनी मां को नाराज़ कर सकती थी, और न अपने भाई को। और उसने सुकूमार से सदा के लिए बिछड़ने की इजाजत चाही थी। सूकूमार ने हंसकर एक खत लिख दिया—बिल्कुल वैसा ही, जैसा कीर्त्ति ने चाहा था।

यह सब एक दुखान्त था—जो धीरे-से रेंगकर सुकुमार के अंगों और

कलम की हरकत से चिपक गया था। पर वह सोच रहा था, 'यह दुखान्त एक आम और जाने-पहचाने दुखान्त जैसा नहीं था-इश्क की नाकामी जैसा जाना-पहचाना कुछ भी नहीं हुआ था-पर फिर भी वह हो गया था, एक अजीब शक्ल में हो गया था। और उसका सबसे अजीब पहलू यह था कि यह एक लड़की कीत्ति की सूरत में से नहीं उभरा था, बल्कि हर लड़की की सूरत में से उभर आया था और उसे लग रहा था कि भविष्य में उसके जीवन में आने वाली हर लड़की कीत्ति की तरह बोलेगी, कीत्ति की तरह सुनेगी और फिर कीत्ति की तरह ही चली जाएगी...

ज़िन्दगी के अर्थों को वह सार्त्र की तरह ही पकड़ने की कोशिश कर रहा था और उसे लगा कि वह सार्त्र जैसा नहीं था, वह खद सार्च नहीं था...

वह स्वतन्त्र था—किसी भी ऐसी थ्योरी को ढूंढ़ निकालने के लिए स्वतन्त्र था, जो समूचे सामाजिक तथा राजनीतिक ढांचे को कोई अर्थ दे सकती थी। और वह मर्द और औरत के उस रिश्ते की बुनियाद को भी जान लेने के लिए स्वतन्त्र था, जिसे वेदों से लेकर काम-शास्त्र तक कइयों ने जानने की कोशिश की थी, पर वे अभी तक कुछ नहीं जान सके थे। और सुकुमार को लगा कि उसकी स्वतंत्रता निराकार थी। स्वतन्त्रता के प्रयोग के लिए और उसे छकर, हाथ लगाकर, देख सकने के लिए, उसका एक आकार चाहिए...

और सुकुमार को लगा कि उसमें और सार्त्र में एक फर्क था—सार्त्र के पास अपनी स्वतंत्रता को आकार दे सकने के लिए दो हथियार थे—एक उसकी कलम और दूसरा उसकी दोस्त औरत। पर उसके अपने पास कोई भी हथियार नहीं था, और यही फर्क उसका दुखान्त था...

'भयानक दुखान्त,' सुकुमार रो नहीं सकता था, इसलिए हंस दिया। और उसका मन हुआ कि वह इस भयानक दुखान्त से एक भयानक मज़ाक करे...

कितनी देर तक उसके मन का पानी खौलता रहा। कमरे में एक कोने से दूसरे कोने तक और दूसरे कोने से फिर पहले कोने तक आते-जाते हर बार सुकुमार का ध्यान उस छोटे-से शीशे पर पड़ा, जो दीवार के एक कोने में खड़ा बार-बार उसके साये को पकड़ने की कोशिश कर रहा था। और फिर एक बार सुकुमार के कदम रुक गए—शीशा जैसे उसके साये को पकड़ पाने में सफल हो गया हो!

उसने शीशे में झांका और अपने भयानक दुखान्त को एक भयानक मज़ाक करना चाहा। खौल-खोलकर सूख चुके पानी की तरह उसे अपने सामने कुछ दिखाई नहीं दे रहा था। मन में सूख चुके पानी की एक सफेद और गर्म तह जमी हुई थी—होंठों की तरह हौले से फड़कती। और उसे लगा, वह अपनी ओर देखकर स्वयं से कह रहा था—सो माई डियर...यू आर सार्ल...सार्ल होशियारपुरी...

ए रॉटन स्टोरी

देश में दालों की रोज़ बढ़ती कीमत के कारण—दालों की स्मग्लिग। इन दिनों दालों की भरी ग्यारह सौ लारियां सिर्फ मध्य प्रदेश से और इतनी ही देश के बाकी हिस्सों से चोरी चीन पहुंचाई गईं...

इंडो-पाक बार्डर की सिक्यूरिटी फोर्स के वायरलेस आपरेटर की गिरफ्तारी। उसके पास से स्मग्लिग की 75 किलो अफीम, जापानी लिपस्टिकों के 42 बैग और 38 रिवाल्वर बरामद हुए...

सड़कों पर सोए हए बेघर लोगों में से कल रात की सर्दी से छः आदमी मरे हुए मिले...

नई दिल्ली के रेलवे स्टेशन के साथ वाले स्लम्स में से कोई दो हज़ार लोगों को ट्रकों में डाल नांगलोई गांव के नज़दीक छोड़ दिया गया। इनमें बढ़े और अपाहिज लोग भी हैं और गर्भवती औरतें भी। वर्षा, आंधी और बीमारी से यहां कोई बचाव नहीं..

यह पता नहीं कैसा अखबार था, जो पढ़ रहा था; पर किसी खबर पर कोई तारीख पड़ी हुई थी, किसीपर कोई.. और फिर मुझे लगा कि यह अखबार नहीं था, ये कई कतरनें कई अखबारों में से निकालकर मेरे शरीर पर चिपक गई थीं...

शरीर चिपचिप कर रहा था, मैं खुले पानी में नहाना चाहता था।

जानता था कि दूसरी छत पर मेरे गुसलखाने में पानी की बूंद भी नहीं आती थी, फिर भी नल की टूटी की ओर मैंने ऐसे देखा, जैसे कोई आशिक अपनी माशका की ओर देखता है। पर मेरी माशूका ने एक विवाहिता की तरह आंखें झुका लीं। न जाने शर्म से या अपने खाविंद के डर से। आखिर कार्पोरेशन का महकमा ही उसका मालिक था, मैं उसका कौन था...

नीचे की मंजिल पर मालिक-मकान रहते हैं, उनकी सांकल खड़का पानी मांगना भी कार्पोरेशन के दफ्तर में दरख्वास्त देने के बराबर है। मैं हाथ में बाल्टी पकड़ गली के नल की ओर चल पड़ा; पर आखिर तक पहुंचने को आवश्यकता नहीं थी, बाल्टियों के 'क्यू' के पास ठिठक गया। नल की टूटी में से 'टप्...टप'.... गिरते पानी की ओर देख चाय की दुकान वाली कातिया माथे पर हाथ मारकर कह रही थी "हाय री मैया! इससे जल्दी तो हमारे आंसुओं से मटका भर जाए..."

मुझे लगा—मुझे अपने नहाने का ख्याल मुलतवी करना पड़ेगा। कल-परसों तक नहीं, शायद कार्पोरेशन के अगले इलेक्शन तक...

छोटा था, चौथी-पांचवीं का इम्तिहान देने जब भी जाता था, तो मां खिचड़ी और दही खिलाकर भेजा करती थी। जब तक जीवित रही, स्कूलों और कालेजों की डिगरियों के शगुन मनाती रही। पर जब एम० ए० तक पहुंचा, वह जीवित नहीं थी, इसलिए उस इम्तिहान वाले दिन यह शगुन नहीं हुआ था, पर पिछले शगुनों का असर शायद बाकी था, मुझे एम० ए० में भी फर्स्ट डिवीज़न मिल गई थी—फिर मेरा ख्याल है, उसके पिछले शगनों का असर खत्म हो गया, नौकरी नहीं मिली। आज मेरे एक दोस्त ने एक नौकरी की खबर लगाई थी, और मुझे अपने दफ्तर बुलाया था, मैं खिचड़ी-दही का तो खैर नहीं, पर नहाने का शगुन ज़रूर करना चाहता था; पर मेरे शहर की कार्पोरेशन को मेरा यह शगुन भी मंजूर नहीं था, इसलिए सुराही में रह गए

थोड़े-से पानी में से आधे के साथ मैंने मुंह-हाथ धोया और आधे से डेढ़ कप प्याला चाय बना-पी उसके दफ्तर चला गया। दोस्त कमरे में से बाहर आकर मिला, और फिर थोड़ा हटकर एक ओर को ले जाते हुए कहने लगा, "वह दाईं ओर, गेट के पास, कार-पार्क है।"

"मेरे पास तो अभी साइकल भी नहीं, तुम मुझे कार-पार्क किसलिए दिखाते हो?" मुझे हंसी आ गई।

"यार, बात समझ ले, यह सरकारी दफ्तर है, अन्दर आने से पहले तुम जो कोई अपने असूल-आदर्श साथ लाया है, उन्हें वहां पार्क कर पा..."

मैंने कहा कुछ नहीं, सिर्फ उसके मुंह की ओर देखा, वह कुछ मस्ती में आकर ज़ोर से हंसा, और ज़ोर से चली हवा से जैसे पेड़ से कोई कच्चा फूल टूट जाता है, उसकी हंसी भी मेरे कंधे से टकरा नीचे गिर पड़ी। और फिर थोड़ा संभलते हुए वह कहने लगा, "बस, फिर फारिग हो अन्दर आ जाना, मैं तुम्हें तुम्हारे सब कमरे दिखा दूंगा।"

"सब कमरे? क्या मतलब?" मैंने पूछा।

"पहले क्लर्क का कमरा, फिर हैड क्लर्क का, फिर सेक्शन आफिसर का, फिर...बस, बात समझ ले, क्लर्क से लेकर डायरेक्टर जनरल तक... कुछ दिन एक कमरे में गुजारा करना, फिर हिम्मत कर कमरा बदल लेना, और फिर हिम्मत कर..."

"तुम्हारे दफ्तर की कैण्टीन में चाय की जगह भंग तो नहीं पिलाते? मुझे आज अगर नौकरी मिल भी गई, तो मुझसे कई सीनियर लोग अगली जगहों के लिए इन्तज़ार कर रहे होंगे..." यही कह सकता था, कह दिया।

"यार, तू बात नहीं समझता, इन्तज़ार करने वाले इन्तज़ार करते रहेंगे, तुम ज़रा ओवरटेक कर लेना..."

पास से एक लड़की गुज़र रही थी, दोस्त ने हाथ के इशारे से तो नहीं,

पर नज़र के इशारे से कहा—"यह साली अभी हाल ही में आई है, तीन-चार महीने हुए हैं, घंटे में एक सफा टाइप करती थी, और एक सफे में सत्तर गलतियां, और अब डी० जी० की पी० ए० बन गई है—और इस महीने अपने भाई को भी नौकरी ले दी है—पर उसका नुस्खा तुम्हारे काम नहीं आ सकता, वह सिर्फ लड़कियों के काम आता है..."

"बकवास बन्द कर..."

"तुम्हें तरक्की करने के नुस्खे सिखा सकता हूं..."

"उसे भी यह नुस्खा तूने ही सिखाया था?"

"मैंने तो नहीं, पर किसी मेरे जैसे ही ने बताया होगा।"

मैं अपने इस दोस्त को बड़े सालों बाद मिला था, इस शहर में उसकी हाल ही में बदली हुई थी, और वह भी अचानक एक दुकान पर उससे मेरी मुलाकात हो गई थी। हाल-चाल पूछते हुए मेरी बेरोज़गारी का पता चला तो चार दिनों में ही उसने मुझे खत लिख अपने दफ्तर बुला लिया था...

"क्या सोच रहा है?"

"तुम्हें, जब तू मेरे साथ कालेज में पढ़ा करता था।"

"और तेरे साथ मिलकर देश की आजादी के नारे लगाया करता था, भारत के नौजवानो! आगे बढ़ो,"—और वह फटे दूध की तरह हंस दिया। दूध के कुछ टुकड़े-से अलग हो गए थे और पानी-सा अलग। और फिर उसने पानी छानते हुए कहा, "लगता है, तु अभी वहीं का वहीं खड़ा है, वही अशोक—अशोक के ज़माने वाला। तुझे मालूम है, इस तरह आदमी स्टेगनेंट हो जाता है।"

"मैं यहां तक नहीं उतर सकंगा..."

"मैं सीढ़ी रख दूंगा।"

"सीढ़ी चढ़ने के लिए होती है।"

"असूलों पर से उतरने के लिए, तरक्की पर चढ़ने के लिए..."

"तुमने मुझे यही बताने के लिए बुलाया था?"

"मैंने तेरे साथ नौकरी का इकरार किया है, सो इकरार के बदले एक इकरार..."

"मैं पूरी मेहनत से काम करने का इकरार..."

"काम को मार गोली, सरकारी दफ्तरों में काम को कौन पूछता है? तू बात नहीं समझता...'

वह ठीक कह रहा था, मैं बिल्कुल बात को समझ नहीं रहा था। उसने समझाने की कोशिश की, "हमारे बड़े साहब का भाई अगले महीने यूरोप से वापस आ रहा है, तेरा ब्रदर-इन-ला कस्टम में लगा हुआ है; बस, उसे इतना कह देना कि ज़रा ख्याल रखे, और वहां कस्टम पर साहब के भाई को कोई तकलीफ न हो "मैं साहब को कहकर तुम्हें इस महीने अपाइंटमैंट लैटर..."

सचमुच कुछ बातें ऐसी हैं,जो मुझ बिल्कुल समझ में नहीं आतीं। यह भी समझ में नहीं आई। इसलिए दोस्त के दफ्तर से वापस आ गया। आने लगा था तो उसने खीझकर सिर्फ इतना कहा था, "इट इज ए सिंपल बारगेन, ऐंड यू डांट अण्डरस्टैंड, यू फूल...'[1] और उसने मुझे कंधे से हिलाते हुए जैसे होश में लाना चाहा था, कहा था, "मुझे सब कुछ याद है दोस्त! वे दिन भी याद हैं, जब तेरे साथ मिलकर मैंने जुलूस निकाले थे, नारे लगाए थे..." रह नहीं सका था, जवाब दिया था, "और वह कहानी आज यहां पहुंच गई!" फिर वह हंस पड़ा था, फटे हुए दुध जैसी हंसी, और कहने लगा था, "इट इज़ ए सिंपल स्टोरी...[2] जवाब में एक ही बात कह वापस आ गया, "इट इज़ ए रॉटन स्टोरी।"[3]

उस वक्त उन्हीं पैरों, अपने कमरे में जाने की हिम्मत नहीं हुई—

---

1. यह सिर्फ एक मामूली-सा सौदा है, और तुम इसे समझते नहीं, तुम बेवकूफ...
2. यह एक मामूली-सी सीधी-सादी कहानी है।
3. यह तो एक सड़ी हुई कहानी है।

यहां मुझे एक रुपया फी सफे के हिसाब से किसी किताब का अनुवाद करना था। कल ही पता चला कि पांच रुपये की सफे के हिसाब से जिसे इस किताब का ठेका मिला था, उसने तीन रुपये फी सफे के हिसाब से आगे किसी जरूरतमंद को सौंप दिया था, और उस ज़रूरतमंद के पास आजकल कुछ कम फरसत थी, इसलिए उसने दो रुपये फी सफे के हिसाब से यह आगे किसी ज्यादा जरूरतमंद को सौंप दिया था, और उस ज़रूरतमंद ने डिक्शनरी से माथा-पच्ची करने की जगह एक रुपया फी सफे के हिसाब से यह आगे किसी मुझ जैसे ज़्यादा ही ज़रूरतमंद को सौंप दिया था...

जरूरतमंदों का हिसाब बहुत ही लम्बा था, इस वक्त न तो ' तर्जुमा करने की हिम्मत थी और न ही हिसाब। इसलिए कमरे में जाने की भी हिम्मत नहीं थी। और फिर याद आया—परसों किसीने बताया था कि केवल, मेरा दोस्त, बहुत दिनों से बीमार है। पता नहीं उसकी मिज़ाजपुर्सी करने के लिए, या अपनी मिज़ाजपुर्सी करवाने के लिए, मैं उसकी तंग गली के तंग मकान को ढूंढढांढ़ उसके पास पहुंच गया। वर्षों की क्लर्की से झुकी हुई उसकी पीठ इस वक्त कुर्सी की बेंत में नहीं, चारपाई के बान में धंसी हुई थी। वह जब किसी दोस्त का हाथ पकड़ता था, लगता था, जैसे वह एक होल्डर पकड़ रहा हो; पर आज मुझे इससे बिल्कुल उल्टी बात लगी—महीनों के बुखार से तुड़ा-मुड़ा हाथ, जब मेरे हाथ से मिलाने के लिए उसने चारपाई की बांही से आगे किया, मुझे लगा, जैसे मैं लकड़ी का होल्डर पकड़ रहा था।

"तुम्हें मालूम है, शेक्सपीयर ने सात दिनों में दुनिया बनाई थी," उसने धीरे से कहा। उसके होंठ अधिक नहीं हिल रहे थे, पर उसकी आंखें हिली हुई थीं। जैसे शेक्सपीयर की बनाई हुई दुनिया की परछाईं उसकी आंखों में पड़ रही हो।

"पहले दिन उसने स्वर्ग बनाया, पर्वत बनाए और रूह का आकाश

बनाया...”

“फिर?” मुझे हंसी-सी आ गई, और मैंने उसके लकड़ी के होल्डर जैसे हाथ को एक बार फिर अपने हाथ में दबाया।

“दूसरे दिन उसने दरिया, समुद्र और ऐसी एक चीज़ इश्क बनाया—और यह सब कुछ हैमलेट, जूलियस सीज़र, ऐंटोनी, क्लियोपेट्रा और आफीलिया की सांसों में घोल दिया और ऑथेलो की सांसों में भी...”

मैं कुछ नहीं बोला, पर होंठों पर आई मेरी हंसी छिल-सी गई।

“तीसरे दिन उसने कुल आलम इकट्ठा किया, और उसे चाहत सिखाई—इश्क के लिए, मुहब्बत के लिए और कुछ कर गुज़रने के लिए। ईर्ष्या का खट्टा स्वाद भी उसने लोगों को चखाया, और उदासी का कड़वा घूंट भी उसने लोगों को पिलाया, हर चाहत...सिर्फ जो लोग बहुत देर से आए थे, और जिनके आने से पहले वह हर चाहत बांट चुका था, उनसे उसने कहा कि अब उसके पास बचा-खुचा सिर्फ यह रह गया था कि वह उन्हें अपने समालोचक बना देगा, और वे उमर-भर उसकी कृतियों को कृतियां मानने से इन्कार करते रहेंगे...” वह ऐसे मुस्कराया, जैसे यह बात कहकर, उसने शेक्सपीयर के सब आलोचकों से बदला ले लिया हो।

छिली हुई हंसी से मेरे होंठ दर्द कर रहे थे, पर उसे मुस्कराता देख कुछ राहत-सी मिली।

“चौथा और पांचवां दिन ज़रा मौज-मले का था, हंसनेखेलने का। इसलिए उसने कुछ मौजी, मसखरे और मूर्ख बनाए, जो राजा-महाराजाओं को घड़ी-पल हंसाते रहे...छठे दिन उसने, जो छोटे-छोटे काम रह गए थे, वे खत्म कर दिए—किंग लियर को उसने तिनकों का ताज पकड़ना सिखाया और रिचर्ड द थर्ड...”

“फिर सातवें दिन?” मैं पूछ बैठा।

"सातवें दिन उसने चारों ओर देखा कि और कुछ काम बाकी रह गया था कि नहीं—और उसने देखा कि दुनिया भर के थियेटरों ने बड़े-बड़े पोस्टर लगा बड़ी रौनक लगा रखी थी। इतने दिन उसने मुसीबतें उठाई थीं, उसने सोचा कि आज उसे भी किसी थियेटर में जाकर आराम से बैठना चाहिए था..."

"फिर?"

"पर वह बहुत थका हुआ था, उसने सोचा, एक झपकी ले लूं, और वह चारपाई पर लेट गया-मौत की झपकी लेने के लिए..."

मेरे होंठों पर, जहां हंसी छिल गई थी, लगा, अब लहू बह रहा था।

"मैं भी थक गया हूं, शेक्सपीयर की तरह...ज़िन्दगी के छः दिन दुनिया बनाता रहा था—फाइलें...फाइलें...मेरी बीवी... मेरी क्लियोपेट्रा...और मेरे बच्चे...मेरे चार छोटे-छोटे ऑथेलो..." उसकी आंखें जलीं भी और बुझीं भी, और फिर वह एक लम्बी-सी सांस लेते हुए कहने लगा, "पर एक क्लर्क की क्लियोपेट्रा विधवा भी हो जाती है—और उसके ऑथेलो उसके यती..."

आगे सुना नहीं गया। उठकर कमरे में से बाहर आ गया। बाहर कमरे और रसोई के जुड़वां कोने में वह खड़ी थी। वह मुझे बाद में दिखी थी, पहले मैंने कोने में टंगी सिर्फ एक मैली धोती समझी थी। पास जाकर कहा—"भाभी!"

उसने जवाब नहीं दिया, सिर्फ धोती के पल्लू में उसने गांठ जैसा लपेटा हुआ कुछ मेरे सामने कर दिया। हाथ से टटोला—कागज-से खड़के। कागज़ की कतरनें।

"आपको शायद मालूम नहीं, यह किसीको भी बताते नहीं थे—कई बार कुछ लिखा करते थे, सिर्फ मुझे कभी सुना देते थे—अभी-अभी आज सुबह सब कुछ फाड़ दिया..."

कुछ भी नहीं कह सकता था, वापस कमरे में चला गया। पूछने लायक

भी कुछ नहीं था, फिर भी उसकी ओर देखने लगा, जैसे कुछ बताना और पूछना बाकी रह गया हो.'

"बहुत थक गया हूं...सातवां दिन कब आएगा..." उसने गौर से देखा। पर देख सकता था—वह मेरी ओर नहीं देख रहा था, शायद मुझसे कुछ दूर खड़े और हौले-हौले रेंग रहे सातवें दिन की ओर देख रहा था...

उसका सातवां दिन उसकी ओर रेंग रहा था; पर मेरा अभी कुछ दूर था, मुझे अभी पांचवें और छठे दिन को भी भुगतना था, इसलिए वहां से चला आया।

बाहर बड़ी सड़क पर आकर जेब में हाथ डाला, किनारों वाले दस-दस पैसों के तीन सिक्के थे, बस का पूरा किराया। आंखों ने एक बार स्कूटर की ओर देखा था, पर वे मेरी तरह समझदार थीं, इसलिए झट दूसरी ओर देखने लगी थीं, जिधर से बस आनी थी। सिर्फ मेरी थकी टांगें अब भी स्कूटर की ओर देखे जा रही थीं...

"हम सबसे तुम अच्छी रहीं, खड़ी-खड़ी ने आधा स्वेटर बुन दिया...।' बस का इन्तज़ार करती 'क्यू' में खड़ी एक औरत ने दूसरी से कहा, और उतरे हुए चेहरों वाले 'क्यू' में खड़े लोग एक-दूसरे की तरफ देख हंस दिए। पल-भर के लिए शायद सबकी थकावट सांझी हो गई थी, इसलिए नये सिरे से बस का इन्तज़ार करने का सबमें दम-सा आ गया।

"कितनी देर से बस नहीं आई?" मैंने ज़रा आगे खड़े हुए आदमी से पूछा। पीछे वाले शायद मेरी तरह अभी आए हों।

उसने अभी कुछ जवाब नहीं दिया था, उससे आगे खड़ी एक औरत बोल उठी, "मुझे तो इतना पता है कि जितनी देर से मैं खड़ी हूं, इतनी देर में साबुत उड़द भी गल जाती है।"

एक बार फिर हंसी छिड़ पड़ी, और एक आदमी छूटते ही कहने लगा,

"उड़द तो गल जाती है, पर कंकड़ नहीं गलते। लोगों को अब कंकड़ बनना पड़ेगा..."

बस आती दिखाई दी, सबकी आंखें उसकी ओर दौड़ पड़ी, पर अगर कहीं सिर्फ आंखों से ही बस में बैठा जा सकता...

स्टैंड के बिल्कुल पास आ बस धीमी हो गई; पर जैसे ही सबसे आगे खड़े आदमियों ने पांव बढ़ाए, बस की चाल तेज़ हो गई। एक ज़्यादा ही चुस्त आदमी न बस की रफ्तार के साथ दौड़ते हुए बस को पकड़ना चाहा था, पर एक धक्का-सा खा बड़ी मुश्किल से गिरते-गिरते बचा था—और भागी जाती बस के पायदान पर खड़े कंडक्टर की हंसी सबके कानों में ऐसे पड़ी, जैसे सबके कपड़ों पर कीचड़ के छींटे पड़ गए हों...

"खम्मां खाना," एक औरत ने तुनककर कहा, "बस में चढ़ाना नहीं था तो आहिस्ता क्यों कर ली थी, ऊपर से मूआ हंसता है।"

सचमुच ही सबके मुंह कंकड़ों की तरह पथरा गए थे—और फिर एक और बस आती दिखाई दी। यह बस लोगों के ठिकाने नहीं, अपने ठिकाने जा रही थी, शेड में—इसलिए अधिक भरी हई नहीं थी। आधा-पौना रास्ता ही तय करने के लिए लोगों ने मन बना लिया, और बस में चढ़ने लगे। 'क्यू' टूट गई थी, पायदान के पास किसीका पैर कुचला जा रहा था, किसीका हाथ, कि एक फटी-सी, पर हंसती हुई आवाज़ सुनाई दी, "आगे बढ़ो! —आगे बढ़ो! भारत के नौजवानो, आगे बढ़ो..." देखा, बस का कंडक्टर सवार हो चुकी सवारियों को, चढ़ने के लिए धक्के मार रही सवारियों के लिए स्थान बनाने की खातिर, आगे सरकने के लिए कह रहा था...

आगे...कहां...कोई मंज़िल...कोई सपना...कोई सोच...और मुझे लगा, मेरा चेहरा एक सवालिया फिकरे जैसा हो गया था।

"आगे बढ़ो...आगे बढ़ो..." कंडक्टर ने सीटी की आवाज़ में से धुन निकालने की कोशिश की और मेरा हाथ ज़बरदस्ती अपने गले की

ओर उठ गया—यह आवाज़ कभी मेरे गले में से निकलकर चलते-चलते आज कंडक्टर की सीटी में कैसे पहुंच गई? होंठ धीरे से कांपे, 'ए रॉटन स्टोरी'...

"तीस पैसे निकालिए जनाब!"

बस में 'मैं' नहीं चढ़ा हुआ था, एक सवालिया फिकरा चढ़ा हुआ था, पर बस का कंडक्टर इस सवालिया फिकरे से भी तीस पैसे मांग रहा था...हालांकि इस सवालिया फिकरे को कहीं से भी चलकर नहीं पहुंचना था।

डिम् लाइट

"दो कारें जब मुखालिफ दिशाओं में आ रही हों, कायदे के मुताबिक दोनों को अपनी-अपनी लाइट्स डिम् कर लेनी चाहिए, पर अगर वे दोनों ही कायदा भूल जाएं, तो वे एक-दूसरी की रोशनी में इतना चुंधिया जाती हैं कि वे एक-दूसरे के पास से गुजरने की बजाय, आपस में टकरा जाती हैं..।" राबिन ने सोचा और मुस्करा दिया, "कई शादियां बिल्कुल इस हादसे की तरह होती हैं—एक औरत और एक मर्द एक-दूसरे के पास से गज़रते हुए अपने-अपने रास्ते पर जाने की बजाय टकराकर वहीं खड़े हो जाते हैं—एकदूसरे की रोशनी में चुंधियाकर।" और राबिन को लगा कि उसका और आइरा का विवाह एक-दूसरे को जान-पहचान लेने के बाद हुआ विवाह नहीं, सिर्फ एक-दो मुलाकातों की चकाचौंध से घबराकर हुआ विवाह है...

यह सब वह तब सोचता था, जब आइरा उसके पास नहीं होती थी। वह जब पास होती थी, वह कुछ नहीं सोच सकता था। जो चमक उसने आइरा में पहले दिन देखी थी, वह आज भी कायम थी। और जब वह सामने आती थी, वह कुछ नहीं कहता था, सिर्फ आंखें झपका लेता था।

वह चमक आइरा के अंगों में थी और उसके स्वभाव में थी।

अंगों वाली चमक को उसने 'सैक्स ऐट्रेक्शन' और फिर 'सैक्स ऐड्जस्टमैंट' का नाम दे किसी तरह समझा-समझा लिया था; पर आइरा के स्वभाव वाली चमक उसके लिए आज भी एक मुश्किल बात थी—आंखों की थकावट की तरह और आंखों में अचानक उठ पड़ने वाली एक टीस की तरह।

और वह सोचता था कि शायद यही हालत आइरा की थी। वह जब उसके पास होता था, आइरा को उसके वजूद में दुनिया का सब कुछ भूल गया लगता था...आइरा की नज़रों में राबिन दुनिया का सबसे हसीन मर्द था और इसलिए वह भी शायद राबिन की चमक में आंखें झपकाकर रह जाती थी...पर जब वह अकेली होती थी, राबिन जानता था कि दुनिया की हर चीज़ को और हर घटना को वह राबिन के वजूद से दूर होकर देखती थी—अकेली, और एक अजीब ज़ाविदे से।

दोनों के ये कोण कभी एक नहीं हुए थे। राबिन डाक्टर था, मरीजों की नब्ज़ पर जब हाथ रखता था, या उनकी छाती पर स्टेथेस्कोप, तो उसे मरीजों की जेबों में या बैंकों में पड़े हुए पैसे की बात कभी नहीं भूलती थी। पर वह जितने भी पैसे मेहनत से जोड़ता था, आइरा उन पैसों को फिर से मरीज़ों तक पहुंचाने के लिए जैसे उतावली बनी रहती थी—जब देखो, किसीको फल खिला रही होती, किसीको मुफ्त विटामिन्ज़ की गोलियां दे रही होती...

"यह शायरी-वायरी एक बीमारी होती है..." राबिन ने कई बार आइरा से कहना चाहा था, पर उसे लगता था कि आइरा को बीमारों से और बीमारियों से एक इश्क था। टूटे हुए बूटों वाले और गर्दन के पीछे लटकते बालों वाले लोग वह न जाने कहां से ढूंढ़ लाती थी। झूमती हुई आंखों से वह उनका ऊट-पटांग सुनती रहती थी, और फर्श पर बिखरे उनके सिगरेटों के टुकड़े चुनती वह कभी अपनी मोटर में उन्हें ले जा रही होती और कभी छोड़ने...

"मेरी जान की दुश्मन!" राबिन ने एक-दो बार तिड़ककर आइरा से कहा था; पर आइरा ने कुछ भी सुनने या समझने की जगह होंठों में एक मुस्कराहट की चमक भर कह दिया था, "तुम्हारी जान की नहीं, तुम्हारे ईमान की दुश्मन"—राबिन को मालूम था कि आइरा पैसे को राबिन का ईमान कहा करती थी।

वैसे पैसा राबिन और आइरा की किसी भी नाइत्तिफाकी की बुनियाद नहीं था। कभी इनका ज़िकर आता था तो बड़े ही सतही रूप से। इससे गहरी बातें दूसरी थीं—मसलन पिछले दिनों दोनों के सांझे दोस्त राहुल और रीता ने, जो पिछले पांच सालों से लंदन में थे, अपने दोनों बच्चे अपने देश रीता के मां-बाप के पास भेज दिए थे। आइरा को कितने ही दिन फिकर के कारण नींद नहीं आई थी। उसका ख्याल था कि राहुल और रीता का विवाह टूट रहा था। उसने रातों को जाग-जागकर कई वे छोटी-छोटी बातें सोची थीं, जो रीता ने पिछले वर्ष उसे खतों में लिखी थीं, "राहुल नहीं चाहता था, पर मैं एक अंग्रेज़ लड़की के साथ पन्द्रह दिनों के लिए पैरिस चली गई...राहुल एक ट्रेनिंग के सिलसिले में शहर से बहत दर है, मैं आजकल लंदन में अकेली रह रही हूं...मैं आजकल पेंटिंग सीख रही हूं, हमारा एक प्रोफेसर बड़ा दिलचस्प आदमी है..." और इन छोटी बातों में से पाइरा ने कुछ अनिष्ट घट जाने का अनुमान लगा लिया था और फिर वह इतना घबरा गई थी कि उसने बम्बई में रहते राहुल और रीता के रिश्तेदारों को भी यह बात बता दी थी। बात कहीं की कहीं पहुंच गई थीपंख इसे आइरा ने दिए थे, राबिन जानता था—पर जब यह बात बिल्कुल बेबुनियाद निकली थी तो शर्म के साथ-साथ राबिन को आइरा पर बहुत गुस्सा आया था...

और फिर थोड़े दिन पहले जब राबिन का एक भाई और एक बहन उनके पास रहने के लिए आए, आइरा ने उनके लिए विशेष आयोजन किए थे। वे बड़े खुश थे। सारा दिन वे बम्बई के दूर-नज़दीक समुद्री

किनारों पर घमते और रात की फिल्में देखते। वे अपने-अपने कालेज की अंतिम परीक्षा देकर आए थे और ज़िन्दगी की फुर्सत को चखकर देख रहे थे। पर एक रात—जब वे दोनों बहन-भाई एक ही कमरे में सोए हुए थे—आइरा आधी रात के समय एक जासूस की तरह उनके कमरे में गई थी और उन्हें देख आई थी कि कहीं...कहीं उन दोनों से कोई गलती न हो जाए... राबिन को आइरा का यह खौफ सिर्फ बेबुनियाद ही नहीं, गलीज़ भी लगा था।

और फिर पिछले दिनों उनके एक रिश्तेदार की शादी थी। वहां जाकर आइरा ने उनके घर का इतना काम संभाला था कि पराये घर के एक-एक जीव को उसने मोह लिया था। पर एक दिन दुल्हन का मन-बहलाव करते-करते उसके पास बैठकर वह धीरे से उससे पूछने लगी थी कि उसने विवाह से पहले किसी और से प्यार किया था कि नहीं। लड़की रोने लगी थी, और आइरा को समझ नहीं आ रहा था कि उसे कैसे चुप कराए। राबिन को जब इस बात का पता चला था तो वह आइरा पर बहुत खीझ उठा था...

"तुम्हारे सात खून मुआफ..." राबिन आइरा की लम्बी और काली पलकों में चमकती परेशान आंखों में देखता था, कहता था, और फिर सोच में डूब जाता था।

"पर आठवें खून की बारी का क्या होगा? तुम वह मुझे मुआफ नहीं करोगे?" आइरा के होंठों पर एक मुस्कान बिलख उठती थी, और राबिन के गले में पड़ी उसकी नर्म-सी बांह, एक बेबसी की हालत में, लोहे के तार की तरह उसके गिर्द कस जाती थी।

"नहीं, आठवां खून मुआफ नहीं करूंगा," राबिन आइरा की आंखों से अपनी प्रांखें चुराते हुए कहता था।

राबिन के बड़े भाई ने, बहुत दिन हुए, उससे कुछ रुपया उधार लिया था। दो महीने बाद उसे लौटाने का इकरार किया था, पर बात वर्षों की

हो चली थी और उसने रुपया लौटाया नहीं था। राबिन ने अपने भाई से मिलना छोड़ दिया था। मां अभी जीवित थी। और किसीके मन पर नहीं, पर मां के मन पर इस बात का बड़ा बोझ था। और आइरा ने राबिन की ज़िन्दगी में दाखिल होते ही मां के मन पर से यह बोझ उतार दिया था। बड़े भाई को आइरा ने विश्वास दिलाया था कि राबिन अब इस बात को भुलाना चाहता था, पर वर्षों की चुप्पी को तोड़ना उसके लिए मुश्किल हो रहा था, और आइरा ने राबिन के बड़े भाई से मिन्नत कर कहा था कि अगर वह फराखदिल हो किसी दिन राबिन से मिलने को आ जाए तो राबिन मन ही मन बहुत खुश होगा। और आइरा ने राबिन को वह पूरानी रकम पूरी की पूरी देते हुए कहा था कि यह रकम उसके भाई ने लौटाई है। खुद अपने हाथों इसलिए नहीं लौटाई, क्योंकि इतनी देर बाद वापस करते हुए उसे शर्म महसूस होती थी। और इसके बाद जब वे दोनों भाई मिले थे, तो दोनों एक-दूसरे से खामोश, आदर के भाव से मिले थे। मां को कुछ पता नहीं था, पर वह आइरा के जादू पर कुरबान हो गई थी। बेशक बहुत देर बाद जब राबिन को आइरा के जादू का पता चला था, वह कुछ दिन के लिए आइरा से नाराज़ भी हो गया था, पर फिर भी अंदर कहीं वह आइरा के जादू से चौंधिया गया था।

ऐसी चमक राबिन को अच्छी लगती थी, पर आंखों में पड़ने वाली इसकी रोशनी से हुई घबराहट उसे अच्छी नहीं लगती थी। उसका मन करता था कि आंखों में पड़ रही इस 'फुल लाइट' की जगह अगर कहीं आइरा अपनी रोशनी को थोड़ा-सा 'डिम्' कर ले...

वे दोनों कहां और कौन-सी जगह खड़े थे, राबिन को कुछ पता नहीं था। आइरा किस पल किससे क्या कह देगी, राबिन को यह भी मालूम नहीं था। यह 'क्या' यह भी हो सकता था कि आसपास के लोग एक 'एडमाइरेशन' में आइरा को देखते रह जाएं, और यह 'क्या' यह भी हो

सकता था कि लोग किसी 'एम्बे रेसिंग' सवाल से बचने के लिए अपनी आंखें चुराने लगें...

पिछले कुछ दिनों से आइरा जब गुसलखाने में जाती थी, अपने डेढ़ वर्ष के बेटे को भी नहलाने के लिए अपने साथ ले जाती थी। साधारण तौर पर आइरा के चेहरे को बड़ा खुश और खिला हुआ चेहरा कहा जा सकता था, पर राबिन ने देखा था कि आइरा जब बच्चे को नहला और बड़े तौलिये में लपेट अपनी गीली बांहों में उसे लिए हुए गुसलखाने में से बाहर आती थी, उसका चेहरा सूरज के पहले प्रकाश की तरह तपता हुआ दिखाई देता था.. और एक दिन आइरा ने बड़ी सरूरभरी आंखों से राबिन की ओर देखा और कहने लगी, "राब, तुम क्या नहीं कर सकते, इस छोटे-से बलूगे को छाती पर लिटाए जब मैं टब में पड़ी रहती हूं, और यह अपने होंठों और नाखूनों से जिस तरह मेरी गर्दन और छाती को खरोंचता है, और मेरे शरीर पर जिस तरह यह पांव मारता है—इट इज़ सिंपली वंडरफुल...प्यूर एक्सटैसी..." और आइरा ने झुककर बच्चे के गीले बालों में से एक लम्बी सांस भरी थी—सांस का चूंट-सा पिया था—और फिर कहने लगी थी, "खुदा जैसी पाक चीज़ सिर्फ एक बच्चा हो सकता है।"

"इट इज परवर्शन।" राबिन ने हौले से कहा था और दूसरी ओर देखने लगा था।

बात को हुए कुछ दिन हो गए थे, पर वह राबिन के ज़हन में कहीं अटकी हुई थी। वैसे उसका ज़िकर उसने फिर कभी नहीं किया था, पर आज रात...

आज रात राबिन जब आइरा के पास लेटा हुआ था, आइरा ने अपने होंठ राबिन के होंठों से परे कर लिए, और कसम खाकर कहने लगी, "ऐसे नहीं राब! यहां बन्द कमरे में और अंधेरे में चोरों की तरह नहीं—कहीं बाहर, खुले आसमान के नीचे, जहां चांद की पूरी रोशनी

बिखरी हुई हो—और सफेद दिन चढ़ा हुआ हो-आई वांट इट देयर, इन द ओपन...”

“आइरा!” राबिन घबरा गया। फिर बहुत देर चुप रहा। और फिर उसने आइरा के कन्धे पर अपना तना हुआ हाथ रखते हुए कहा, “मैंने तुमसे कभी कहा नहीं, कई बार सोचता हूं कि अगर दो कारें मुखालिफ दिशाओं में से आ रही हों, दोनों को अपनीअपनी लाइट ‘डिम्’ कर लेनी चाहिए, नहीं तो एक-दूसरी की रोशनी दोनों पर इतनी पड़ जाती है कि दोनों को अपना रास्ता दिखाई नहीं देता। मैं रास्ता देखना चाहता हूं, आइरा! तुम अपनी लाइट कुछ डिम्’ नहीं कर सकती?”

“क्या मतलब?” आइरा के होंठ हंसकर कुछ खुश्क-से हो गए।

“जो कुछ भी तुम्हारे मन में है, वह तुम किसी दिन मुझसे कह क्यों नहीं देती? मुझे लगता है, जैसे बहुत गहरे में कहीं कुछ...” राबिन की आवाज़ संभल गई और उसने फिर कहा, “तुम शायद मुझे बताना भी चाहती हो, पर बता नहीं सकतीं...शायद इसीलिए तुम कमरे का अंधेरा नहीं, खुले आसमान का उजाला चाहती हो...”

“इसके साथ कुछ बताने या न बताने का क्या सवाल है?” आइरा ने खुश्क होंठों पर ज़बान फेरी और कुछ कांप-सी गई।

“सूरज के उजाले में या चांद की रोशनी में अपना नंगा बदन मेरे हवाले कर...” राबिन ने कहा और आइरा की आंखों में देखने लगा।

“तुम्हारा खयाल है राब कि इस तरह मैं...” आइरा की आवाज़ कुछ लड़खड़ा-सी गई, पर फिर वह संभलते हुए बोली, “इस तरह मैं डायरेक्टली नहीं, इण्डायरेक्टली बता रही हूंगी?”

“हां, पर व्हाई नॉट डायरेक्टली,आइरा?” राबिन की आवाज़ तुनक-सी गई।

आइरा चुप रही। कमरे की नौली रोशनी में राबिन ने देखा कि आइरा के दूधिया गुलाबी रंग में से जैसे किसीने लहू का रंग खींच लिया हो, और बदन

हर पल धूल के रंग जैसा होता जा रहा हो।

आइरा के होंठ हौले से हिले, "राब! तुम इसी हालत को लाइट का 'डिम्' करना कहते हो?"

राबिन ने कुछ नहीं कहा। आइरा ही फिर बोली, "तुम ठीक कहते हो राब! मैंने ज़िन्दगी को दो तरह देखने का ही ढंग सीखा है—बत्ती को पूरी तरह जलाकर या फिर बिल्कुल बुझाकर। छोटी थी तो अपनी बत्ती को जलाने का ढंग नहीं आता था, सामने जो कोई दिखता था, गैस की तरह जलता हुआ दिखता था, गैस की तरह ही नहीं, लपट की तरह जलता हुआ दिखता था। मेरे अपने पास कुछ नहीं होता था, मैं उससे ही रोशनी उधार ले उसे देख लेती थी..."

आइरा का चेहरा एक सफेद-सी और भूरी-सी राख जैसा हो गया। राबिन के भीतर जैसे कुछ खिच-सा गया, और उसे पहली बार यह ख्याल आया कि जिस तरह वह वर्षों से आइरा को भरीपूरी रोशनी में तकता आ रहा था, आगे भी उसी तरह देखता रहता तो क्या हर्ज था...मद्धिम रोशनी में किसीको घूरकर देखना और अपनी आंखों को उसके बिल्कुल भीतर तक चुभा देना क्या बहुत ज़रूरी है?... जितना कुछ सामने दिखता-मिलता है, उतना ही क्यों काफी नहीं हो सकता?...और राबिन ने अपनी हथेली हौले से आइरा के होंठों पर रख दी।

आइरा ने होंठों पर पड़ी हथेली को हौले से सूंघा—हथेली को नहीं, हथेली में आई हल्की-सी कंपकंपी को। और फिर अपने होंठों को उसकी हथेली के नीचे सरका कहने लगी, "अपने-आपको बिल्कुल बुझाकर जो कुछ देखा था, उससे फिर इस तरह डर गई थी कि हमेशा के लिए अपने-आपको अच्छी तरह जलाकर रखने की आदत डाल ली।"

राबिन को लगा कि उसे जल्दी से कुछ कह देना चाहिए, नहीं तो वह

घड़ी बीत जाएगी, और फिर शायद वह इस बीती हुई घड़ी को कभी वापस नहीं ला सकेगा। इसलिए उसने कहा, "आइरा! तुम जैसे भी अपने-आपको जलाए हुए हो, यह बहुत ठीक है, शायद यही ठीक है, मैं तुमसे कुछ भी बदलना नहीं चाहता..."

राबिन को लग रहा था कि मद्धिम रोशनी में अगर किसीको अपना-आप दिखाना मुश्किल होता है, तो किसीके लिए उसे देखना भी उतना ही मुश्किल हो सकता है। आइरा की तरह उसे अपना चेहरा भी एक सफेद-सी और भरी-सी राख जैसा हो गया लग रहा था...

"नहीं राब! मैं इस लाइट को आज सचमुच ही 'डिम्' करना चाहती हूं। मैं उसे इसलिए तेज़ जलाए हुए थी कि मेरे सब कुछ को कभी भी कोई देख न सके। पर इसके साथ-साथ यह भी हो गया है कि सिर्फ दूसरे ही मेरे से आंखें नहीं चुराते, मैं खुद भी अपने से आंख चुराने लगी हूं....मैं जब बहुत छोटी थी, स्कूल में पढ़ती थी...स्कूल के बड़े मास्टरजी..." आइरा की टांगें इकट्ठी हो उसकी बांहों में सुकड़ गईं, और उसके हाथों की तलियां इकट्ठी हो उसके मुंह पर आ गईं...बीती हुई घड़ी के बहुत बड़े और काले पंख जैसे आइरा पर झपट पड़े थे—और शायद मास्टरजी का पिलपिला और चौड़ी हड्डी वाला एक फैला हुआ वजूद भी आइरा के नंगे बदन पर झूल आया हो...

राबिन ने आइरा की चौंधिया देने वाली रोशनी में कई बार आंखें झपकी थीं, पर उस मद्धिम रोशनी में उसे लगा कि उसकी पलकें आपस में जुड़ गई थीं।

फिर जड़ी हई पलकों में भी राबिन को लगा कि वह आइरा को टटोल रहा था, और वह जहां से भी, एक दीवार के साथ गुच्छा हुई और एक ज़ख्मी कबूतरी की तरह अपने परों में सिमटी उसे ढूंढ़ रही थी, उसे पाकर वह अपनी छाती से लगा रहा था

"मेरे सात खून मुआफ थे, पर यह तो आठवां खून है..." आइरा के

होंठ सिसकते गए।

"तुम्हारे सब खून मुआफ..." राबिन ने आइरा के होंठ चूम लिए, और उसे लगा कि आइरा के पूरे होंठ उसने आज पहली बार चूमे थे।

अजनबी

न जाने क्यों, लोकनाथ को अपने जीवन की हर बात किसी न किसी जानवर की सूरत में याद आती थी। बचपन के कितने ही पल एक अघाई हुई बिल्ली की तरह 'म्याऊं-म्याऊं' करते हुए उसके पास से गज़र जाते थे। इन पलों को जैसे उसकी मां ने अभी-अभी दूध से भरी हुई कटोरी पिलाई हो, और उसके भूरे झबरैले बालों को उसके बाप ने जैसे अभी-अभी अपने हाथों से सहलाया हो।

लोकनाथ का छोटा भाई प्रेमनाथ अब नैवी में था। इकहरे बदन का खूबसूरत-सा नौजवान। पर छुटपन में वह पढ़ाई में भी उतना ही कमज़ोर था, जितना कि वह शरीर से दुबला था। लोकनाथ जब उसे पढ़ाने के लिए कभी अपने पास बिठाता था तो किताब के अक्षरों पर सिकुड़ी हुई उसकी आंखें, कई बार अचानक सहम से फैलकर लोकनाथ का चेहरा ताकने लगती थीं। और फिर जब लोकनाथ उसे दिलासा देता था तो जैसे मिन्नत-सी करती हुई उसकी आंखें पिघलने लग जाती थीं। और अब नैवी का अफसर बनकर वह नई-नई बन्दरगाहों पर जाता था और वहां से तस्वीरें खींचकर लोकनाथ को भेजता था तो लोकनाथ को उसके साथ बिताए हुए पलों की याद बिल्कुल ऐसे आती थी, जैसे एक छोटा-सा पिल्ला पूंछ हिलाते हुए अपनी गीली जीभ से उसकी तली को

चाटने लगा हो।

उसने किसी राजनीतिक पार्टी में कभी दखल देना नहीं चाहा था, पर अनुभवों की भूख कई बार उसे मीटिंगों में ले जाती थी। वह नहीं जानता, कब खुफिया पुलिस ने अपने कागजों में उसका नाम दर्ज कर लिया था और उसके बारे में अपनी लम्बी-चौड़ी राय बना रखी थी। उसकी डिग्रियों से घबराकर जब कभी कोईकोई सरकारी दफ्तर उसे नौकरी का वचन दे देता तो पुलिस की यही लम्बी-चौड़ी राय उस वचन को एक ही झटके में तोड़कर रख देती। अब जबकि लोकनाथ एक कॉलेज का प्रोफेसर था और अपने लिए उसने एक निश्चित स्थान बना लिया था तो कई परेशान लमहों की याद उसे उन चीलों और बन्दरों की सूरत में याद आती थी, जो न जाने कहां से आते थे और उसके हाथों को खरोंचकर रोटी का टुकड़ा छीनकर ले जाते थे।

सरकारी दफ्तरों की ढीली रफ्तार उसे केंचुओं-सी लगती थी। किसी भी काबलियत के रास्ते में पेश आने वाली ईर्ष्या उसे सांप की तरह फुंफकारती सुनाई देती। कइयों की ईर्ष्या और जलन को उसने अपने शरीर पर झेला था—भैंसे के सींगों की तरह। अपने सगे-सम्बन्धियों के फिजूल उलाहनों और रूठने के पल उसे अलमारी में घुसे हुए चूहे मालूम होते थे, जो कीमती कागज़ों को कुतरते चले जाते हैं।

लोकनाथ को अपनी बीवी बहुत पसन्द थी। इस बीवी को, लोकनाथ का दिल कहता था, कि उसने किस्सा-कथाओं के इश्क से भी ज़्यादा इश्क किया था। उसके साथ बिताई और बीत रही घड़ियां लोकनाथ की नज़र में ऐसी थीं, जैसे नन्ही-नन्ही चिड़ियां उसके आसपास चहकती हों, जैसे कुंजों की एक कतार बादलों को काटकर गुजरी हो, जैसे घुग्गियों के कुछ जोड़े उसकी खिड़की में आकर बैठ गए हों, जैसे सुग्गों का एक झुंड उसके आंगन के पेड़ पर आ बैठा हो। अपनी बीवी के खत, और बीवी के नाम लिखे हुए अपने खत, लोकनाथ को हमेशा उन कबूतरों-से

लगते थे, जो किसी दीवार की ओट में घोंसला बनाने के लिए तिनके जोड़ते रहते हैं।

विवाह से पहले लोकनाथ अपनी बीवी को उसके जन्मदिन पर एक किताब भेंट किया करता था। विवाह के बाद हर साल उसके जन्मदिन पर उसके होंठ चूमता था और कहता था, 'मेरी उम्र का यह साल एक किताब की तरह तुम्हारी नज़र।' इस तरह लोकनाथ अपनी बीवी को अब तक अपनी उमर के पच्चीस साल पच्चीस किताबों की तरह सौगात में दे चुका था। उसे यकीन था कि उसके जीते जी उसकी बीवी का कोई ऐसा जन्मदिन नहीं जाएगा, जबकि वह अपनी ज़िन्दगी का कोई साल एक खुली किताब की तरह उसे भेंट नहीं करेगा।

सिर्फ एक बार ऐसा हुआ था—बाईस साल पहले की बात है—एक सुबह लोकनाथ चारपाई से उठा तो उसका बदन तप रहा था। रात को अच्छा-भला सोया था। गरीवाला एक केक लाकर उसने अपनी अलमारी में रखा था। इस बार न जाने कैसे उसकी बीवी को अपना जन्मदिन याद नहीं रहा था। शायद इसलिए कि उसकी एक बहुत पुरानी सहेली कई सालों बाद उस दिन विदेश से लौट रही थी और उसे उसको मिलने के लिए जाना था। लोकनाथ ने सुबह अपनी बीवी को चौंकाने के लिए केक लाकर अलमारी में छुपा दिया था, पर सुबह जब वह उठा तो उसके माथे में ज़ोरों का दर्द हो रहा था। बीवी के साथ उसने चाय भी पी और केक भी खाया, उसे चौंकाया भी, उसके होंठ चूमकर उसे अपनी उम्र का एक साल किताब की तरह सौगात में भी दिया, पर उसके बाद वह सारा दिन चारपाई से नहीं उठ सका। उस दिन वह सोच रहा था कि जो किताब इस बार उसने अपने बीवी को दी थी, उस किताब का एक पन्ना उसमें से फटा हुआ था। उस रात वह फटा हुआ पन्ना किसी जानवर के टूटे हुए पंख की तरह उसकी छाती में हिलता रहा।

लोकनाथ की ज़िन्दगी के कुछ पल मासूम उड़ते परिन्दों की तरह थे, कुछ पालतू परिन्दों की तरह और कुछ जंगल के जानवरों की तरह। पर किसी पल से वह कभी डरा नहीं था, चौंका भी नहीं था। पर एक—लोकनाथ की ज़िन्दगी में एक वह घड़ी भी आई थी—मुश्किल से पन्द्रह मिनटों के लिए—जो एक बार एक चमगादड़ की तरह उसके मन में चली आई थी और बेशक होश-हवाश की सारी खिड़कियां खुली थीं, पर वह घड़ी एक अंधे चमगादड़ की तरह बार-बार दीवारों से टकराती रही थी और बार-बार लोकनाथ के कानों पर झपटती रही थी। लोकनाथ ने घबराकर कानों पर हाथ रख लिए थे और कुछ मिनटों के लिए उसे आवाजें सुनाई नहीं दी थीं, उसकी ज़मीर की आवाज़ भी नहीं, पर एक आवाज़ थी जो उस समय भी कनपटियों में उसे सुनाई देती रही थी, और खून की इस आवाज़ से छुटकारा पाने के लिए उसने...

बाईस साल बीत गए थे ; पर वह घड़ी, मुश्किल से पन्द्रह मिनटों की वह घड़ी, लोकनाथ को जब कभी याद आ जाती—याद नहीं आती थी, बल्कि चमगादड़ की तरह उसके सिर पर उड़ती थी तो लोकनाथ घबराकर उसे जल्दी से बाहर निकाल देने के लिए उसके पीछे दौड़ने लगता था।

इस चमगादड़ जैसी घड़ी के आने का कोई समय नहीं था। कभी 'फ्रायड' के पन्ने उलटते हुए वह अचानक आ जाती थी तो कभी किसी खूबसूरत कविता को पढ़ते हुए भी वह दिखाई दे जाती। एक बार अपने नये जनमे बेटे की गर्दन में से दूध की महक सूंघते हुए भी लोक नाथ को वह चमगादड़ दिखाई दिया था। और आज जब लोकनाथ की बड़ी बेटी सुचेता, मायके में प्रसूत-काल काटकर ससुराल जाने लगी थी, और नन्हे-से बालक को झोली में लेकर जब उसने अपने बाप से मिन्नत की थी कि उसकी छोटी बहन रीता को वह कुछ दिनों के लिए उसके साथ ससुराल भेज दें, क्योंकि छोटा-सा बालक शायद उससे अकेले न संभले,

तो लोकनाथ के चेहरे का रंग पीला पड़ गया था।...एक चमगादड़ उसके सिर पर मंडराने लगा था। आंगन में बठी उसकी बीवी, उसकी बेटी, उसे लेने आया उसका खाविन्द, झोली में पड़ा बच्चा, कुछ दूर पर बैठी उसकी दूसरी बेटी, आंगन में कैरम खेल रहा उसका बेटा—सारे के सारे जैसे ओझल हो गए। होश-हवास की सारी खिड़कियां खुली थीं, पर एक अन्धा चमगादड़ दीवारों से सर पटक रहा था, लोकनाथ के कानों पर झपट रहा था, और लोकनाथ उसे जल्दी से बाहर निकाल देने के लिए अपने मन के चारों नुक्कड़ों में दौड़ने लगा।

यह चमगादड़ एक स्मृति थी। बात बाईस साल पहले की थी—लोकनाथ के घर जब पहला बच्चा हुआ था, यही सुचेता। लोकनाथ की बीवी बेहद कमजोर हो गई थी। अपनी बीवी को मायके से अपने घर लाने की जगह वह उसे पहाड़ पर ले गया था। छोटा-सा बच्चा न उससे संभल पा रहा था, न उसकी बीवी से। इसलिए वह अपनी बीवी की छोटी बहन को भी अपने साथ पहाड़ पर ले गया था। पन्द्रह सालों की वह उर्मी उसे बिल्कुल अपनी बहन-सी दिखाई देती थी या अपनी बेटी की तरह जो कुछ सालों बाद उसीकी उमर की हो जानी थी। कई बार बच्ची जब सो रही होती थी तो उर्मी को घुमाने के लिए वह अपने साथ ले जाता था। उसकी बीवी अभी चल नहीं सकती थी। कहीं-कहीं चीड़ के पेड़ों के नीचे झरे हुए तिनकों की तहें बैठ जाती थीं। उर्मी दौड़ पड़ती थी तो लोकनाथ उसे फिसलने से बचाने के लिए उसका हाथ पकड़ लेता था। उसने यह कभी नहीं सोचा था कि इस उर्मी को उसके हाथों कभी ठेस भी लग सकती थी। एक बार सैर के लिए जाते वक्त उसने अपनी बच्ची की गर्दन को चूमा। सो रही बच्ची में से सौंफिया दूध और पाउडर की अजीब-सी गन्ध आ रही थी। बच्ची की मां भी बच्ची के पास लेटी हुई थी। लोकनाथ ने उसके कान के पास होकर धीरे से अपने होंठ छुलाए तो बच्ची वाली गन्ध उसे अपनी बीवी के बालों में से भी आई। और फिर उसी दिन की

बात है, सैर करते हुए जब उसने उर्मी का हाथ पकड़कर उसे फिसलई चढ़ाई पर चढ़ने के लिए सहारा दिया तो उसके कन्धे को छूती हुई उसकी सांस में से भी उसे वही गंध आई। लोकनाथ अपनी बीवी को मजाक करता आया था और उर्मी से भी बोला, "बेबी का सौंफिया दध लगता है, तुम दोनों को भी अच्छा लगने लगा

इसके आगे लोकनाथ को नहीं मालूम कि क्या कैसे हुआ। एक गन्ध थी जो उसके गले सिमट आई थी- सौंफिया दूध की, पाउडर की, गुदाज़ चमड़ी की, औरत के अंगों की, और चीड़ के पेड़ों की। और लोकनाथ को लगा कि जंगल की खुली हवा में भी उसका दम घुट रहा था। और फिर यह गन्ध कुहासे को तरह उठी और उसके गले से होकर माथे में छा गई। और फिर सारे चेहरे उस कुहासे की ओट में छुप गए—उर्मी का चेहरा, उसकी बीवी का चेहरा, उसकी बच्ची का चेहरा। चेहरों का अहसास होता था—पर पहचाने नहीं जाते थे। फिर लोकनाथ को लगा कि दूर-पास कहीं कोई बस्ती नहीं थी। जहां तक नज़र जाती थी—वहां तक सिर्फ खंडहर ही थे। फिर किसी खंडहर में से चमगादड़ों की एक तेज़ गन्ध उठी और उसके सिर में छा गई। फिर उसे लगा कि किसी दीवार की ओट से निकलकर चमगादड़ उसके कानों पर झपटने लगा था। उसने घबराकर दोनों हाथ कानों पर रख लिए थे। कुछ मिनटों के लिए उसे कोई आवाज़ सुनाई नहीं दी थी—ज़मीर की आवाज़ भी नहीं, पर एक आवाज़ उसे अब भी सूनाई दे रही थी—सुनाई कानों से नहीं दे रही थी, बल्कि खून की हर एक बूंद से उठ रही दिखती थी।

यह जैस एक बहुत बड़ी साजिश थी। ज़मीर की आवाज़ के खिलाफ खून की आवाज़ की साजिश थी-चेहरे की हर पहचान के खिलाफ एक बूंद की साजिश थी-जंगल की खुली हवा के खिलाफ एक गन्ध की साजिश थी—हर आबादी के खिलाफ हर खंडहर की साज़िश थी।

लोकनाथ किसीकी कोई साज़िश न समझ सका। पन्द्रह मिनटों का वह समय जब उसकी उमर से टूटकर एक अंग की तरह दूर जा पड़ा तो लोकनाथ को लगा कि उसकी सारी ज़िन्दगी अपाहिज बनकर रह गई थी।

उस शाम जब वह घर लौटा, उसकी बीवी के कमरे में जो मोमबत्ती जल रही थी, लोकनाथ को लगा, उस मोमबत्ती की लपट, उसके चेहरे की तरफ देखकर थरथराती हई जैसे जल्दी से बुझ जाना चाहती थी।

जब रात घिर आई तो अंधेरा लोकनाथ को अच्छा लगा। पर फिर उसे लगा कि एक और अंधेरा उसकी छाती में घिर आया था। अंधेरे का एक टुकड़ा रात के अंधेरे से टूटकर अलग जा पड़ा था। रात का अंधेरा तालाब के पानी की तरह ठहरा हुआ था, जिसमें से एक गन्ध उठ रही थी। उस रात लोकनाथ को कितने ही ख्याल आए। उसे लगा कि वे सारे ख्याल इस तालाब में तैरते हए मच्छरों जैसे थे।

दूसरे दिन वह पहाड़ से लौट आया था। उर्मी को उसके मां-बाप के पास छोड़ आया था। और फिर उर्मी को उसके विवाह के दिन, एक बार भरे आंगन में मिलने के सिवा, वह कभी नहीं मिला था। यह एक माफी थी, जिसे वह सारी उमर अपने को गैरहाज़िर रखकर उर्मी से मांगता रहा था।

"पापाजी!" सुचेता ने एक मिन्नत से लोकनाथ की खामोशी तोड़नी चाही, और धीरे से बोली, "आप क्या सोच रहे हैं, पापा? वैसे मैं जानती हं, आप न नहीं करेंगे।"

"क्या?" लोकनाथ ने हैरान होकर अपनी बेटी की तरफ देखा। यह बेटी उसे बहुत प्यारी थी। उसकी बात उसने कभी नहीं टाली थी। पर वह हैरान था कि अगर कोई होनी वक्त के साथ मिलकर एक साज़िश करने लगी थी, तो उसकी बेटी को इस साज़िश की समझ क्यों नहीं लग रही थी?

"रीता को कुछ दिन मैं अपने साथ ले जाऊं? यह सोनी मुझसे संभलती नहीं..." सुचेता फिर कह रही थी। साथ में मां ने भी हामी भरी, "एक महीने तक रीता का कालेज खुल जाएगा। यह छुट्टियों का एक महीना ही है. एक महीना ही सही... राजेन्द्र भी ज़ोर डाल रहे हैं।"

"राजेन्द्र बड़ा होनहार है," लोकनाथ को ख्याल आया और फिर अपने जंवाई के चेहरे की तरफ देखते हुए उसे लगा कि कोई होनी एक पागल कुत्ते की तरह—इस अच्छे लड़के को काटने के लिए तिलमिला रही थी। वह तनकर खड़ा हो गया; ऐसे, जैसे वह उसे पागल कुत्त से बचा सकता था। "मैं अगले महीने खुद आकर रीता को छोड़ जाऊंगा।" राजेन्द्र ने धीरे से कहा।

"नहीं, बिल्कुल नहीं।" लोकनाथ ने ज़रा सख्ती से कहा। सबने घबराकर पहले लोकनाथ की ओर देखा, फिर एक-दूसरे की ओर; ऐसे, जैसे उन्होंने लोकनाथ की आवाज़ नहीं सुनी थी, किसी बड़े अजनबी की आवाज़ सुनी थी।

एक दीप

जब वह छोटा बच्चा था, तब माता-पिता उसे रत्तू कहकर बुलाते थे। जब उसने स्कूल में नाम लिखवाया तो उसके अध्यापक ने उसको रत्न कहकर पुकारा। जब वह आठवीं श्रेणी में पहुंचा तो उसके दोस्त-यार उसे रत्नसिंह के नाम से याद करते। लेकिन जब उसने स्कूल से नाम कटवा लिया, तो सारा गांव उसे बालका भाई कहने लगा।

कहते हैं, एक बार महाराजा रणजीतसिंह अपने दल-बल-सहित कहीं जा रहे थे। इस गांव में पहुंचे तो रात हो गई। खेमे लगाए गए। सुबह हुई तो महाराजा ने पूजा-पाठ आदि नित्य-कर्म के लिए गुरुद्वारे का पता पूछा। मालूम हुआ कि इस गांव में कोई गुरुद्वारा नहीं। बोले, "तलवंडी घुमरा, इतना बड़ा गांव और यहां गुरुद्वारा नहीं?" और महाराजा ने एक भले-से सरदार को कुछ भूमि दे दी और कहा कि इस भूमि के एक भाग में गुरुद्वारा की स्थापना करो और बाकी में खेती करके उसका खर्च चलाओ।

यह बालका भाई उसी भले-से सरदार के वंश में से था। गुरुद्वारे के साथ लगी हुई भूमि बहुत नहीं थी, इसलिए इस बालका भाई के पिता ने कुछ दिनों के लिए अपने स्थान पर एक अन्य व्यक्ति को बैठा दिया और आप लायलपुर के इलाके में कुछ भूमि खरीद ली। इस भूमि से अच्छा लाभ था।

उसने सोचा, कुछ वर्ष वह उसी इलाके में रहेगा। परन्तु थोड़े ही दिनों में उसे गांव से खबर मिली कि जिस व्यक्ति को वह अपना काम सौंप आया है, वह उसे संभालने में असमर्थ है।

बढ़े-भले सरदार की आंखें भर आईं। उसने अपने दोनों बड़े बेटों को बुलाकर कहा कि उनमें से कोई एक गांव जाकर इस काम को संभाल ले। यह धर्म की मर्यादा की रक्षा का काम है, सारे गांव की बह-बेटियों की श्रद्धा का सवाल है। लेकिन जवान बेटों की आंखों के सामने लायलपुर के इलाके का मोटा-मोटा गेहूं नाच रहा था और वहां की सफेद-सफेद कपास खिल रही थी, उन्होंने बिलकुल इन्कार कर दिया। तब बढ़े-भले सरदार ने लाचार हो अपने सबसे छोटे बेटे को स्कूल से उठाकर तलवंडी घुमरा भेज दिया। इस प्रकार यह छोटा बालक, जिसने रत्तू से रत्नसिंह बनने में चौदह-पन्द्रह वर्ष लगाए थे, एक दिन अचानक ही बालका भाई बन गया।

इस बालका भाई ने जब प्रभात-समय गुरुद्वारे को झाड़-बुहारकर अपनी कोमल मधुर आवाज़ से गुरु ग्रंथ साहब का पाठ किया तो धर्म की मर्यादा अपने पांव पर खड़ी हो गई, गांव की बहूबेटियों की श्रद्धा फिर गुरुद्वारे की ओर लौट आई।

गांव की औरतें एक हाथ से बालका भाई के सिर पर प्यार देतीं और दूसरे हाथ से उसकी चरण-धूलि ले लेतीं। कोई प्रातः दूध का कटोरा भरकर ले आती, कोई दोपहर को लस्सी का गिलास लाती।

जो औरत अपने घर में नया मटका लगाती, उसमें से पहला कटोरा बालक भाई को पिलाती, और उसे यह विश्वास हो जाता कि अब सारी गर्मियों उसके मटके का पानी ठंडा रहेगा।

जो औरत शरद-काल में मसूर की दाल की पिन्नियां बनाती, सबसे पहली पिन्नी वह बालका भाई को खिलाती, और उसे विश्वास होता कि अब सारा वर्ष उसका घर परिपूर्ण रहेगा।

जिसके घर विवाह-सादी के लिए भट्ठी चढ़ाई जाती, वह सबसे पहले मिठाई की थाली भरकर बालका भाई के आगे जा रखता, और उसे विश्वास होता कि उसका कार्य सम्पन्न होगा।

किसी औरत के बच्चे को बुखार चढ़ता तो वह घबराई-घबराई. सी बालका भाई के पास आकर मिन्नतें करती कि वह सच्चे मुंह प्रभात के समय 'महाराज' का वाक ले और उसे बताए कि वाक अच्छा आया है कि नहीं। और बालका भाई अपनी मीठी-सी ज़बान से यह कहता कि माताजी, महाराज का वाक हमेशा अच्छा ही होता है, महाराज का वाक कभी बुरा नहीं होता, तो उस औरत को धीरज आ जाता और उसका बेटा अच्छा हो जाता।

फसलों के समय जब पहले-पहल लोगों के घर अनाज आता तो वे सबसे पहले तसला भरकर बालका भाई के आगे जा रखते। और फिर वर्षा समय पर होती और खेती में समय पर बीज पड़ जाता।

बालका भाई का मुंह इतना भला, आंखें इतनी शर्मीली और आवाज़ इतनी सुरीली थी कि लोगों का मन करता कि वे भोग समाप्त होने पर दूसरा रखवा दें। औरतें अंगुलियों पर दिन गिनती रहतीं कि अगली अमावस्या कब आएगी, अगली संक्रांति कब आएगी, अगला गरु-पर्व कब आएगा, जब वे बालका भाई को अपने चौके में उसके लिए थाली परोसेंगी।

एक बार किसीका बाप मर गया। उसकी चाह थी कि वह बाप के निमित्त एक पाठ रखवाए और बालका भाई उसके घर आकर भोग लगाए। बालका भाई का छोटा-सा दिल घबरा गया और उसने कह दिया कि वह पाठ नहीं रखेगा, इस पाठ का भोग नहीं लगाएगा। श्रद्धालु की आंखें भर आईं, उसने बालका भाई के पैर छू लिए। बालका भाई अपनी कोठरी में आकर रोने लगा। उन दिनों एक रमता साधु गुरुद्वारे में ठहरा हुआ था। उसने बालका भाई का मुंह-सिर चूमा और बालका भाई ने उसके सामने

अपना दिल खोल दिया। बोला कि कुछ लोग मरकर भूत-प्रेत बन जाते हैं। वह मरने वाले व्यक्ति के घर पाठ करने जाएगा तो कौन जाने उसे भूत-प्रेत पकड़ ले। साधु ने बालका भाई को बहुत प्यार किया और समझाया कि जिस स्थान पर गुरु-ग्रंथ साहब का प्रकाश होता है, जहां महाराज का पाठ होता है, उस स्थान पर भूत-प्रेत या चुडैल आने का साहस नहीं करते। "सच्च?" बालका भाई आंसू पोंछकर खड़ा हो गया और उसने उस घर पाठ करना मान लिया।

इस प्रकार बालका भाई के मन की कोमल धरती में धर्म की जड़ें धीरे-धीरे गहरी धंसती गईं।

प्रतिदिन प्रभात समय बालका भाई जपुजी साहब पढ़ता, शाम को रहिरास का पाठ करता और दोपहर को कोई न कोई प्रसंग पढ़ता। श्रोतागण मस्त हो जाते।

जपुजी तो आदिकाल की वस्तु थी, कभी बदल नहीं सकती थी। रहिरास भी अनादि चीज़ थी। परन्तु प्रसंग एक ऐसी वस्तु थी, जिसे हर रोज़ नया होना होता था—प्रसंग में 'सूरज प्रकाश' समाप्त होता तो भक्त-बाणी आरम्भ हो जाती; भक्त-वाणी समाप्त होती तो 'राणा मूरसिंह' आरम्भ हो जाता। और कई बार बैत पढ़े जाते, कवित्त पढ़े जाते, दोहे गाए जाते। और कई बार ऐसा भी होता कि वारिसशाह की 'हीर' भी गाई जाती। बालका भाई का कोमल हृदय अंग-अंग कटवाने वाले भाई मनीसिंह की शहीदी पढ़ते हुए जिस तरह रो पड़ता, उसी तरह डोली चढ़ती हीर की चीखें सुनकर भी भर आता; और उसके मन में इस विचार की नींव और गहरी हो जाती कि मनुष्य का धर्म केशों और श्वासों के साथ निभना चाहिए।

संक्रांति का दिन था। आज बालका भाई प्रातः हर रोज़ से बहुत पहले ही उठ पड़ा। अभी एक पहर रात बाकी थी। उसने कुएं में से गागर से जल निकाला और स्नान किया। चूल्हे में लकड़ियां जलाकर प्रसाद तैयार करके

एक परात में डाला। रोज़ वह लोगों को बताशों का प्रसाद बांटता, परन्तु संक्रांति और अमावस के दिन वह बांटने के लिए हलवे का प्रसाद तैयार करता था। आज संक्रांति थी।

पाठ हुआ, कीर्तन हुआ, अरदास हुई और वह लोगों को प्रसाद बांटने लगा। एक लड़की को वह प्रसाद दे रहा था, तो थोड़ा-सा प्रसाद उसके हाथ से नीचे उसके पांव पर आ गिरा। लड़की ने जल्दी से बालका भाई के पांव पर गिरा हुआ प्रसाद उठाकर अपने मुंह में डाल लिया। यह कोई असाधारण बात नहीं थी, क्योंकि उसको पता था कि प्रसाद नीचे भूमि पर गिर पड़े तो उसे उठाकर खा लेना चाहिए, नहीं तो प्रसाद की बेअदबी होती है। लेकिन इस लड़की ने प्रसाद उठाने के लिए उसके पांवों को हाथ लगाया तो उसके पांवों में एक कंपकंपी हुई और ऊपर चढ़ती-चढ़ती वह उसके दिल तक पहुंच गई।

यह संक्रांति का दिन था और सारा दिन बालका भाई के शरीर में एक झुनझुनी-सी लगी रही। यह संक्रांति की रात थी और बालका भाई की नींद उखड़ गई थी।

यह मुझे क्या हो गया है?—बालका भाई ने रात के गहरे अंधेरे में अपने मन से पूछा।

कोई अलौकिक-सी बात।—उसके मन ने उत्तर दिया।

क्या मेरे अन्दर कोई भूत-प्रेत घुस आया है या कोई चुडैल?—उसने डरकर पूछा।

जहां महाराज का पाठ होता हो, वहां कोई भूत-प्रेत नहीं आ सकता, न कोई चुडैल।—उसके मन ने बड़े धीरज से उत्तर दिया।

फिर यह कौन है?—उसने घबराकर प्रश्न किया।

शायद कोई परी, कोई अप्सरा..।—उसके मन कर कहा।

और रात के गहरे अंधेरे में उसके मन ने एक दीप जला दिया।

उस रात बालका भाई को पहली बार ऐसा महसूस हुआ कि उसके

बाल अंगों पर पहली बार जब बुजुर्गी का चोला डाला गया था, वह घबराया नहीं था। वह चोला बड़ा था, परन्तु उसके बाल अंगों ने उसे अच्छी तरह पकड़कर संभाल कर लिया था।...परन्तु अब उसके अल्हड़, जवान अंगों से इस चोले के किनारे नहीं संभाले जा रहे थे। बालका भाई को बुजुर्गी के इस चोले पर बहुत गुस्सा आया और अल्हड़ जवानी पर भी उसे बहुत रंज हुआ।

कुछ दिन बीतते न बीतते बालका भाई का वीरो के साथ अचानक मेल हो गया। यह वही वीरो थी, जिसने बालका भाई के पांव पर से प्रसाद उठाकर अपने मुंह में डाल लिया था। वीरो एक भड़भूजिन की भट्ठी के पास खड़ी हो मक्की के दाने भुनवाकर अपनी झोली में डलवा रही थी कि बालका भाई उसके पास से गुज़रा और उसने झोली से भुने हुए दानों की एक मुट्ठी निकाल उसके आगे कर दी। बालका भाई ने बहुत सोचा कि वह ये दाने ले या न ले, लेकिन स्वभावतः ही उसके दोनों हाथ आगे हो गए और उसने वीरो के हाथ से उसी श्रद्धा के साथ लावे ले लिए जिससे कि कोई दोनों हाथ में प्रसाद लेता है।...उस दिन बालका भाई को पहली बार यह पता चला कि भुनी हुई मक्की से ऐसी सुगन्ध उठ सकती है कि उसके साथ-साथ किसीका अंग-अंग झूम उठे।

एक दिन बालका भाई श्री गुरु ग्रंथ साहब के हुजूर में बैठ दत्तचित्त होकर पाठ कर रहा था कि उसे लगा कि उसके पीठ के पीछे कोई चंवर डोला रहा है। वह जब पाठ करके उठा तो उसने देखा कि वीरो उसके पीठ-पीछे खड़ी चंवर डोला रही है।...और उस रात से इस तरह हो गया कि बालका भाई जब सोता तो उसकी नींद वीरो के किसी न किसी स्वप्न के सिर पर चंवर करती रहती।

बालका भाई को महसूस होने लगा कि संक्रांति वाली रात उसके मन ने जो दीप जलाया था, उसकी लौ ऊंची होती जा रही है।

गुरुद्वारे के पीछे वीरो की एक सहेली का घर था। कई बार रात को

गांव की लड़कियां वहां मिलकर चर्खा काततीं। लड़कियां गीत गातीं, न चर्खे का तार टूटता और न गीत का स्वर। यह गीत सुनतेसुनते बालका भाई ध्यान-मग्न हो जाता—ठीक उस तरह, जिस तरह जब दयालजी की आनन्द मंडली गुरुद्वारे आकर शब्द-कीर्तन करती थी, तब वह ध्यान-मग्न हो जाता था।

वह वीरो की आवाज़ पहचानता था। जिस तरह वीरो चर्खे का लम्बा तार निकालती थी, उसी तरह वह गीत का स्वर भी ऊंचा उठाती थी। एक दिन वह ध्यान-मग्न हो वीरो का गीत सुन रहा था कि अचानक उसे महसूस हुआ कि जैसे सभी लड़कियों की आवाज़ तो उस गीत में मिली हुई हो, पर उसमें से वीरो की आवाज़ निकल गई हो। पता नहीं, वह कहां उठकर चली गई थी! और बालका भाई का दिल टूटने-बिखरने लगा।

तभी उसकी कोठरी की खिड़की को किसीने खटखटाया—एक बार, दो बार। और बालका भाई ने जब खिड़की से बाहर देखा, तो बाहर वीरो खड़ी थी। उसने जब अपने दरवाजे का कूडा खोला, तो उसे महसूस हुआ, कि आज कोठरी में वीरो नहीं आई थी, लड़कियों की महफिल का एक गीत उठकर आ गया था। उसकी अल्हड़ जवानी के दिल में आया कि वह अपने गले में पड़े बुजुर्गी के चोले को फाड़कर उतार दे। उसकी विचार-शक्ति ने जवाब दे दिया। फिर उसे लगा कि आज उसकी कोठरी में वीरो नहीं—परीक्षा का समय आ गया है। और अल्हड़ जवानी ने अपने गले में पड़े हए बुज़ुर्गी के चोले के सभी किनारे ज़ोर से पकड़ लिए।

"...इस समय, वीरो, तुझे डर नहीं लगा?"

"डर किससे?"

"इस अंधेरे से।"

"मैं कोई दुर से आई हूं? यहां पीछे से ही तो आई हूं।"

"और मुझसे?"

वीरो ने एक बार नज़र भरकर बालका भाई के मुंह की ओर देखा और फिर एक उच्छ्वास लेकर चुप हो गई।

"तुझे डर नहीं लगता, पर मुझे डर लगता है।"

"किससे?"

"शायद अपने-आपसे।"

इस बार वीरो हंस पड़ी और कहने लगी, "यह लो, पकड़ो मरूंडे। मैं आज सारा दिन दाने भुनाती रही और बीच में गुड़ डालती रही। कुछ मरूंडे मैं अपनी सहेलियों को दे आई हूं और कुछ तुम्हारे लिए लाई हूं। लो, मैं जाती हूं। तुम यह मरूंडे खाते रहो और डरते रहो।" और वीरो उन्हीं पांवों लौट गई।

बालका भाई को महसूस हुआ कि मरूंडे तो मीठे होंगे, परन्तु वीरो आज कड़वी थी, बहुत कड़वी।

चारपाई के पैताने बैठे-बैठे उसकी रात व्यतीत हो गई। कई बार उसने लोटे में से पानी लेकर कुल्ला किया, पर उसे सारी रात यह महसूस होता रहा, जैसे उसके गले में कोई कुछ कड़वा घोल रहा हो।

और उसे महसूस हुआ, उसके मन ने जो एक दीप जलाया था, आज मर्यादा के उच्छ्वास से उस दीप की लौ कांपने लगी थी।

काफी दिन बीत गए। वीरो फिर गुरद्वारे नहीं आई। संक्रान्ति आई, अमावस आई, परन्तु वीरो नहीं आई। और बालका भाई सोचता, वीरो एक बार आ जाए, बस, एक बार...वह अपने दोनों हाथों में वीरो के दोनों हाथ पकड़कर प्रभु के आगे प्रार्थना करेगा—चार हाथों से प्रार्थना करेगा कि—हे सच्चे पातशाह! तू स्वयं सब कुछ जानता है, तू हरेक के दिल की जानता है। हम पांच तत्त्वों के पुतले जीव; हमारी भूलें क्षमा कर दो! कोई रास्ता निकाल दो! हमारा मेल करा दो! ...

जब कभी बालका भाई को उसके बूढ़े-भले बाप की चिट्ठी आती, उसमें

राजी-खुशी पूछने के बाद हर बार यह नसीहत लिखी हुई होती थी कि अल्प आहार लेना, कम सोना और मर्यादा के उज्ज्वल माथे पर कभी कालिख न लगने देना।

बालका भाई को अपने बाप पर बहुत श्रद्धा थी। उसके कहने को वह बहुत महत्त्व देता था; पर जब वह वीरो के प्यार को टटोलता तो उसका रंग उसे शुद्ध लाल दिखाई देता। कालिख कहीं ढूंढे भी न मिलती।

बालका भाई को महसूस हुआ कि एक संक्रान्ति की रात को उसके मन ने जो दीप जलाया था, उसकी लौ अब पूरे यौवन पर थी और...

फिर एक दिन वीरो आ गई।

यही रात का समय था। उसी तरह उसने खिड़की को खटखटाया, उसी तरह बालका भाई ने दरवाज़े का कुंडा खोला, परन्तु आज वीरो के हाथ में कोई मरूंडा नहीं था, आज तो वह स्वयं ही मरूंडा बनी हुई थी।

बालका भाई ने अपनी सारी प्रतीक्षा वीरो के पैरों के आगे बिछा दी और उसकी बांह को अपनी बांह का सहारा देते हुए कहने लगा, "वीरो, आज हम प्रभु के आगे प्रार्थना करेंगे कि..."

वीरो ने बात काट दी, "मैं भी आज इसीलिए आई हूं, बस, फिर नहीं आऊंगी। आज मैं प्रभु के आगे प्रार्थना करूंगी...तू भी मेरे लिए प्रार्थना करना।" और वीरो ने अपने मुंह पर बह रहे आंसुओं की धार को पोंछते हुए कहा, "प्रभु क्षमा करने वाला है, वह मुझे क्षमा कर देगा, वह मेरी इच्छा अवश्य पूरी करेगा।"

"तेरी क्या इच्छा है वीरो?"

"यह भी कोई पूछने की बात है! मुझे और क्या चाहिए? मैं तो यही चाहती हूं कि मैं तुम्हें भूल जाऊं।"

"क्या कह रही हो, वीरो?"

"अब मुझे वहां जाना है, जहां मेरे मां-बाप ने मेरा संयोग मिला दिया

है। इसलिए आज मैं प्रभु से यह मांगने आई हूं कि प्रभु सच्चा, तुम्हें मेरे दिल से निकाल दे।"

"वीरो, एक बात कहूं?"

"कहो।"

"उसके स्थान पर यह प्रार्थना नहीं हो सकती कि प्रभु सच्चा, हम दोनों को मिला दे।"

"नहीं, यह प्रार्थना नहीं हो सकती...पर हो भी सकती है...अगर तुम कहो तो..."

"हो सकती है तो चल, यही प्रार्थना करें।"

"चलो, पर पहले एक बात सुन लो मेरी, मैं जाटों की बेटी हूं, मेरे मां-बाप सीधे हाथों मुझे तुम्हारे साथ नहीं भेजेंगे। उन्होंने कहीं जाटों के घर ही मेरा सम्बन्ध जोड़ा है।"

"फिर?"

"फिर तो मिर्जे की तरह आज रात मुझे निकालकर ले चलो; पर अच्छे-बुरे की मैं ज़िम्मेदार नहीं हूंगी, और अगर तुम्हें मौत से डर लगता हो..."

"मौत से मैं नहीं डरता, वीरो! पर..."

"पर क्या?"

"हमारी मर्यादा के माथे पर कालिख लग जाएगी। मैं इस पद पर होकर, गांव की एक बेटी..."

"मैंने इसीलिए कहा था कि यह प्रार्थना नहीं हो सकती। चल उठ, महाराज वाला कमरा खोल।"

बालका भाई ने गुरु महाराज वाला कमरा खोला और अपने कांपते हाथ जोड़े। वीरो गुरु महाराज की हुजूरी में खड़ी होकर अरदास करने लगी।

बड़ी देर के बाद वीरो ने आंखें खोलीं। अपनी दोनों हथेलियां खोलकर उसने बालका भाई की ओर इस तरह देखा, जैसे वह प्रसाद मांग रही है।

और बालका भाई ने अपने दिल का सारा चैन वीरो की अंजुली में डाल दिया।

वीरो ने बाहर निकलकर गुरुद्वारा का दरवाज़ा बन्द कर दिया। और बालका भाई अन्दर अंधेरे में मन के उस दीप के पास खड़ा रहा, जिसको मर्यादा की फूंक ने सदा के लिए बुझा दिया था।

मिट्टी की ज़ात

छबीली नाइन ने अपने कच्चे खुरे पर एक चौड़ा पत्थर रखा हुआ था। इस पत्थर पर बैठकर वह बर्तन भी साफ कर लेती थी, कपड़े भी पछार लेती थी, अपनी एड़ियां भी रगड़ लेती थी, और साग-सब्जी काटते समय जब चाकू ठीक तरह न काटे,तो उसे भी उसपर रगड़कर तेज़ कर लेती थी। और अपने कच्चे खुरे के पत्थर की तरह उसने भी कोई दर्द अपने दिल में धर रखा था, जहां वह वर्षों से जीवन के जूठे दिनों को मांज रही थी, मैली सांसों को पछार रही थी, मुहब्बत की फटी हुई एड़ियों को रगड़ रही थी, और अपने विवाह के कंद चाक को रगड़-रगड़कर तेज़ कर रही थी।

कहते हैं कि छबीली को अपनी भरी जवानी में एक रासलीला करने वाले से मुहब्बत हो गई थी। वह कितने-कितने दिनों के लिए किसी सीता का राम बन सकता था, किसी दमयन्ती का नल बन सकता था, किसी कोकिला का रसालू बन सकता था, पर वह कुछ क्षणों के लिए भी इस छबीली का कुछ नहीं बन सकता था; क्योंकि 'सीता-राम' का नाटक खेलने के बाद 'नल-दमयन्ती' का नाटक खेला जा सकता है, 'कोकिला-रसालू' का नाटक खेला जा सकता है, कोई भी नाटक खेला जा सकता है, पर विवाह का नाटक खेलने के बाद इस जीवन में कोई भी नाटक

नहीं खेला जा सकता। जो बराती इस नाटक के दर्शक बनकर आते हैं, एक औरत और मर्द का तमाशा देखते हैं, दिल भरकर तालियां बजाते हैं, फिर इस नाटक के पात्रों को छोड़कर पंडाल खाली कर जाते हैं, और इस नाटक के दोनों पात्रों को सारी आयु यह नाटक खेलना पड़ता है! छबीली अपने विवाह का नाटक खेलने को तरसती रही। और यह रासलीला वाला एक दिन हारकर साधु हो गया।

छबीली कई वर्ष अपने साधु की प्रतीक्षा करती हुई कौवे उड़ाती रही। फिर कौवों की तरह उसके बालों का काला रंग भी उड़ गया। पर छबीली नाइन को अभी भी अपने साधु की प्रतीक्षा थी। उसने बहुत शुद्ध मेहंदी, जो वह अपने गांव की जवान लड़कियों के सगुन करते समय उनकी हथेलियों पर लगाया करती थी, अपने बालों में भी लगानी शुरू कर दी थी। उसके सिर के सोचों का रंग भी लाल था, और उसकी ज़ुल्फें भी लाल हो गई थीं। आंखों में काजल की धारी ज़रूर लगाया करती थी, और फिर रोकर वह आप ही उसे निकाल भी दिया करती थी।

सारी आयु छबीली नाइन गांव के लड़के-लड़कियों के सम्बन्ध कराती रहती थी, जातें मिलाती रही थी। और अब उसे यह महसूस होने लगा था कि आदमी की सारी जातें झूठी हैं, बनावटी हैं। अच्छे-भले ब्राह्मण की लड़की से क्षत्रिय के बेटे का विवाह हो जाए, तो उनके घर जो बेटा पैदा होगा, वह नाककटा होगा अथवा पांवकटा?

और छबीली नाइन का जैसे-जैसे आदमी की ज़ातों से विश्वास हटता गया, मिट्टी की जातों में विश्वास होता गया। बस, यदि कोई जात सच्ची है तो वह मिट्टी की ज़ात है। छबीली नाइन किसी लड़के के उबटन मलती, किसी लड़की के तेल लगाती, किसी लड़की का सिर गूंथती, और प्रायः ही यह सोचती रहती, 'चिकनी मिट्टी, रेतीली मिट्टी, कंकरीली मिट्टी, खंगराली मिट्टी, काली मिट्टी, लाल मिट्टी, पीली मिट्टी—इस मिट्टी

की कितनी ज़ाते हैं! जिस मिट्टी में कपास उगती है, बस, कपास ही उगती है; जिस मिट्टी में अंगूर पकते हैं, वहां अंगूर ही पकते हैं। ये ज़ातें कितनी सच्ची हैं!"

और छबीली के ये सब सोच एक दिन कसौटी पर चढ़ गए, जब गांव के खत्रियों की लड़की बालो का जाटों के बेटे नन्दे से प्यार हो गया। 'खत्रेटी बालो और जटेटी नन्दा'। दिनों में ही यह बात गांव की दन्तकथा बन गई। और फिर मुले खत्री ने अपनी लड़की की साथ के गांव में कहीं अपनी ज़ात-बिरादरी में ही सगाई कर इस कथा को दांतों से पीसकर रख दिया। अब थोड़ी ही देर में छबीली नाइन को बालो को विवाह की मेहंदी लगाने जाना था।

नन्दे के खेत छबीली के घर के पीछे की ओर थे। गोबर-तुड़ी मिलाती और पीछे की दीवार पर उपले लगाती छबीली ने कई बार बालो और नन्दे को खेतों के आंचल में बातें करते देखा था। और वह सोचती रही थी कि इस दुनिया के सुनार सोने में तांबा मिलाते हैं, और दुनिया उनको कुछ नहीं कहती, पर जब इस दुनिया के प्रेमी सोने में सोना मिलाते हैं, तो दुनिया उनके पीछे पड़ जाती है। और छबीली देखती कि नन्दे बालो की बातों को सोने की मोहरों की तरह चुनता और संभालता रहता, और बालो नन्दे की बातों को सोने की टुकड़ियों की तरह ढकती और लपेटती रहती। और फिर सांसों के सेंक के साथ यह सारा सोना पिघल जाता। मोहर और टुकड़ियां एक-दूसरे में घुल जाती। फिर राह चलते चोरों की आंखें फट जातीं, दिलों का पिघला हुआ सोना घबराकर जम जाता, सोने की ईंट बन जाती, और यही सोने की ईंट दोनों प्रेमियों के माथे पर लग जाती।

विवाह वाले घर से छबीली नाइन.को दो बार बुलावा आ चुका था। अपने घर के दरवाज़े की तरह उसने अपने सभी सोच भी बन्द कर दिए। कार्तिक का मीठा-मीठा शीत उतर आया था। उसने माथे पर गिर रहे लाल

बालों को हाथ से पीछे को किया

और सिर ढांप लिया। छबीली ने दस कदम ही उठाए थे कि हवा का एक झोंका आया। उसका कपड़ा सिर से उतर गया। लाल बालों की एक लट उसके माथे पर आ गिरी, और उसके दिमाग में एक रंगीन विचार आया, 'एक मिनट बेचारे नन्दे का मुंह तो देख आऊं।...और वह अपने घर के पीछे नन्दे के खेत की ओर चल पड़ी।

कुएं पर पुरवट चल रही थी। नन्दे जगत पर नहीं था। उसका एक साथी वहां बैठा था, और उसके मुंह से कुएं की तरह कुछ बोल निकल रहे थे।

"हीर ने कहा, योगी झूठ कहता है।

कौन रूठे हुए यार को मनाता है?

बिछड़े और मरे हुए को कौन मिलाए?

वैसे ही लोग धीरज देते हैं।"

छबीली का दिल भर आया। मरे और बिछड़े हुए बराबर हो जाते हैं? और छबीली ने देखा कि नन्दा सिर नीचा किए पानी की आड़ पर बैठा हुआ था। उसकी आंखों से गिरते आंसू बह रहे पानी में मिल रहे होंगे। छबीली ने सोचा कि यह पानी जिस खेत में जाएगा, उसकी फसल से आंसुओं की सुगंध आएगी।

नन्दे ने छबीली नाइन की ओर देखा, और फिर मुंह दूसरी ओर कर लिया। छबीली ने माथे पर गिरे लाल बालों की लट को हाथ से पीछे किया, और सिर को अच्छी तरह ढांप लिया। नन्दे के पास बालो को देने के लिए न कोई सन्देश था और न ही कोई उलाहना।

छबीली खाली हाथ विवाह वाले घर चली पड़ी। उसका मन विगलित हो उठा। 'मेरा व्यवसाय भी कैसा है! कोई चाहे उजड़े चाहे बसे, हमें कोई मतलब नहीं। हमें तो अपना काम करना और नेग लेना है।'

छोटी-छोटी लड़कियां मेहंदी की परात के आसपास बैठी, बड़ी आतुरता

से छबीली की प्रतीक्षा कर रही थीं। लड़कियां जानती थीं कि छबीली जैसी मेहंदी लगाती है, वैसी मेहंदी कोई नहीं लगा सकता। "पहले मुझे," "पहले मुझे"—सारी लड़कियां नाइन को देखकर उसके पीछे पड़ गईं। उन्हें पता था कि सबसे पहले दूर कोने में बैठी बालो को मेहंदी लगाई जाएगी, और फिर किसी और की बारी आएगी।

"कितनी इतराती हुई आई है!"

"अगर नाइन ने आज अपना नखरा न दिखाया, तो कब दिखाएगी?"

"कब से लड़की को चड़ा चढ़ाकर बैठी हैं। तुझे हथेली पर ज़रा-सी मेहंदी ही तो लगानी थी। कौन-सा हल जोतना था?"

बालो की मां और चाची ने एक ही सांस में छबीली पर कई चोचें कीं। छबीली के मन में कई बार आया, कि कहे, 'आज तो तुम यदि मुझसे हल ही जुतवा लेतीं, तो अच्छा था; पर...' छबीली ने बालो के मुंह की ओर देखा, और उसके मुंह की तरह ही अपना मुंह भी बन्द कर लिया।

बालो ने दायें हाथ में एक तिनका पकड़ा हुआ था और वह गर्दन नीची किए, अपने पैर के पास की कच्ची जमीन को कुरेद रही थी। कभी-कभी आंसू की एक-दो बूंदें ढुलकतीं, और कुरेदी हुई ज़मीन पर गिर पड़तीं।

छबीली ने बालो के हाथ से तिनका लेकर दूर फेंक दिया और उसकी सफेद हथेली को खोलकर उसपर मेहंदी लगाने लगी। वैसे छबीली को यह महसूस हो रहा था कि थोड़े ही दिनों में इस मेहंदी का रंग उतर जाएगा, पर उस तिनके से कुरेदी हुई भूमि में बालो ने जो आंसू बोए हैं, वे किसी दिन अवश्य उग आएंगे।

पास खड़ी औरतों ने सुहाग-गीत गाना शुरू किया।

'पिता मेरी गलियां तंग हो गई...,
मेरा आंगन अब परदेश हो गया।'

और छबीली, जिसने आज अपने सिर पर फूलों वाला दुपट्टा डालते समय यह नहीं देखा था कि उसने दुपट्टा उलटा ही ओढ़ लिया था, उसे आज हरएक बात के अर्थ उलटे दिखाई दे रहे थे। वह सोचने लगी, 'लड़कियों का भाग्य भी क्या होता है, जिनके मां-बाप की गली इस तरह तंग हो जाती है कि एक प्यारा चेहरा भी उसमें से नहीं गज़र सकता! लेकिन एक बहुत बड़ी बारात उस गली में से निकल जाती है! ...'

"अढ़ाई घरे खत्री हैं—अपनी ज़ात के। जाटों ने भला क्या सोचा था?"

बारात निकट आती गई। जैसे-जैसे बाजों की आवाज़ निकट आती गई, औरतें राय देती रहीं, और बालो की मां को फलाती रहीं।

और बालो नन्दे की प्यार-कथा को दांतों-तले चबाती रही।

'सो जात मिल गई खत्रियों की...' छबीली नाइन ने एक लम्बी सांस ली और सोचने लगी, 'परन्तु मिट्टी की ज़ात किसीने नहीं देखी। एक बंजर घोड़ी चढ़कर एक चिकनी मिट्टी को ब्याहने आ गया। बंजर फूल-मालाएं बांध घोड़ी पर चढ़ा, और एक चिकनी मिट्टी किनारी वाले कपड़े पहनकर डोली में बैठेगी।...'

कपिला

कपिला ने अपने कमरे का दरवाज़ा बन्द किया और कपड़े बदलने लगी। आज मैं कौन-सी कमीज़ पहनं? लाल धारियों वाली? पीले फूलों वाली या बिल्कुल हरे सिल्क की? और फिर कपिला गले से पहनी कमीज़ उतारकर नई कमीज़ों को बारी-बारी अपने गले के साथ लगाकर आईने में देखने लगी।

हर बार आईने में कपिला का रूप बदल जाता था, और उसे अपना हर रूप सुन्दर दिखाई देता था। उससे यह फैसला न हो सका कि वह कौन-सी कमीज़ पहने, और उसने हैरान-सी होकर सभी कमीज़े पास पड़ी एक मेज़ पर रख दीं। अब आईने में कपिला के गले में कोई कमीज़ नहीं थी। यह एक नया रूप था, जिसकी ओर पहले कभी कपिला का ध्यान नहीं गया था। इस रूप ने उसके दिल में एक कंपकंपी-सी पैदा कर दी।

और फिर कपिला ने अपने हाथों से अपने शरीर को छुआ; उसी प्रकार, जिस प्रकार वह अपनी सिल्क की, साटन की, अथवा वेलवेट की कमीज़ को छुआ करती थी। उसके शरीर में अजीब नरमाई थी। सिल्क, साटन और वेलवेट बड़ी नरम होती है, पर बिल्कूल ठंडी। लेकिन अपने शरीर को हाथ लगाकर उसे अजीबसी हरारत महसूस हुई। इस नरमाई और इस हरारत के साथ उसे एक झुनझनाहट-सी हो आई।

मां जब भी कपिला के बिस्तर की चादर बदलती थी, कपिला उस नई चादर पर उलटी लेटकर उसको सूंघा करती थी। नये धुले कपड़ों में से उसे हमेशा एक अजीब-सी सुगन्ध आती थी, एक ताजी-सी सुगन्ध। आज पता नहीं क्यों, कपिला ने अपने दाहिने बाजू को ऊंचा उठाकर अपने मांस को सुंघा तो उसकी आंखें नशिया गई।

कपिला ने फिर आईने की ओर देखा। एक रूप आईने में जड़ा हुआ था। और कपिला ने आगे बढ़कर अपने दोनों होंठों से आईने में दिख रहे होंठों को छपा, कदाचित् वह इस रूप का घूंट भरना चाहती थी।

कमरे का दरवाज़ा खटका। मां कपिला से कह रही थी कि वह बाहर आकर चाय पी ले। कपिला को ऐसा लगा, जैसे मां पूरी घड़ी की सुई है। दो मिनट भी कभी मां को देर नहीं होती। और कपिला ने जल्दी से अपनी उतारी हुई कमीज़ को ही पहन लिया और चाय पीने के लिए अपने कमरे से बाहर आ गई।

कपिला की बड़ी बहन भी कपिला के साथ चाय पी रही थी। मां ने आज खोए और अण्डों की एक नई चीज़ बनाई थी। कपिला की बहन, पता नहीं क्यों, आज इतनी खोई हुई थी। मां ने दो बार उसे याद कराया, पर वह चाय के छोटे-छोटे चूंट भर रही थी, खाना जैसे भूल ही गई थी। तीसरी बार जब मां ने प्लेट उसके आगे की, तो उसने खोई-खोई प्रांखों से मां के मुंह की ओर देखा। मां ने प्लेट दूर हटा दी, जैसे उसके नये पकवान का इस मेज़ ने निरादर कर दिया था।

"तूने फैसला कर लिया है?" कपिला ने आहिस्ते से अपनी बहन से पूछा।

"फैसला ही तो नहीं हो रहा।"

"तू आप ही तो कहती थी कि वह नरेश तुझे बहुत अच्छा लगता है। कितना ऊंचा, लम्बा और सुन्दर है!"

"पर वह कमाता कुछ नहीं।"

"और वह झमी-भ.मी आंखों वाला शायर..."

"मैं जब अखबारों में उसकी तारीफ पढ़ती हूं तो मेरा दिल उसकी ओर उड़ता है; पर न तो उसके पास अच्छा घर है, न नौकरी।"

"और वह कर्नल?"

"जब उसने वर्दी पहन रखी होती है, वह बड़ा सुन्दर लगता है, परन्तु वैसे वह सुन्दर नहीं।"

कपिला और उसकी बहन की बातें बीच में ही रह गई। उनकी दादी आकर उनको डांटने लगी, "तुम लोगों ने आज फिर पूजा नहीं की, और मुंह जूठा कर लिया?"

"अम्मा, तुम सारा दिन पूजा करती रहती हो, क्या उसमें हमारे हिस्से की पूजा नहीं हो जाती?" कपिला कुछ हंसकर और कुछ झंझलाकर अपनी दादी से लिपट गई।

"चालाक कहीं की!" दादी की हंसी निकल गई और उसने थोड़ा-थोड़ा पूजा का प्रसाद दोनों लड़कियों की हथेली पर रख दिया।

आज सुबह के अखबार में कपिला का चित्र प्रकाशित हुआ था—'शकुन्तला' बनी हुई कपिला उदास, विरहिणी, ऋषिकन्या। एक वृक्ष के साथ ढासना लगाए बैठी भोजपत्र पर अपने दुष्यन्त को वह पत्र लिख रही थी।

कपिला की आंखें अखबार से हट नहीं रही थीं, जैसे वह अखबार नहीं था, एक आईना था। गोरी-गोरी, नंगी बाहें...खुले बालों में खुंसा हुआ जंगली फूल...आंखों में मुहब्बत का दर्द...

और फिर कपिला ने चित्र के साथ छपे लेख को पढ़ा। यह लेख कल रात को हुए कालिदास के नाटक 'शकुन्तला' के बारे में था। कपिला को इस लेख के केवल वही वाक्य समझ में आए, जिनमें कपिला का नाम आया था। उसने लेख को दोबारा पढ़ा। फिर भी वह उन वाक्यों पर बार-बार रुक जाती

थी, जिनमें उसका उल्लेख होता था।

फिर कपिला को उस युवक की नज़र याद हो आई, जो इस नाटक में दुष्यन्त बनकर शकुन्तला को देखता रहा था। वैसे ही वह नाटक के बाद भी कपिला को देखता रहा था।...कपिला के होंठों पर एक सहज मुस्कराहट आ गई।

फिर कपिला को उस अधेड़ आदमी की याद आई, जिसने इस नाटक को प्रस्तुत किया था। वह कैसे रोजाना सन्देश भेजकर कपिला को याद कराता था कि आज छः बजे नाटक का रिहर्सल होगा! फिर अपनी कार में बैठकर वह जब कपिला को छोड़ने आता था, तो बहुधा कोट उतारकर वह कपिला के कन्धों पर डाल देता था। कहता, "आज बहुत सरदी है।" वह अपने कोट की जेबों में मेवे और बादाम रखा करता था; ये वह और किसीको नहीं देता था, अपनी हथेली पर रखकर केवल कपिला को दिया करता था।

और वह फोटोग्राफर...वह पत्रकार...नाटक को देखने आए लोग... और आज अपने-अपने घरों में बैठकर इस अखबार को पढ़नेवाले लोग... कपिला के होंठों पर आई हुई मुस्कराहट में कई रंग भर गए।

आज कपिला के घर इस नाटक को खेलने वाले सभी साथियों की दावत थी। मां ने घर के सबसे बड़े कमरे में मेजें लगाई हुई थीं। मां शायद आधी रात को ही उठ बैठी थी। सुबह होने तक उसने कई चीजें पका ली थीं; पर आज कपिला की दादी नाराज़ थी। कपिला ने जब उसे अखबार दिखाया था, तो उसने शरम से मुंह मोड़ लिया था और राम-राम कहते हुए उसने कपिला को कई बोल-कुबोल सुना दिए थे।

फिर सारे घर से जैसे बातों और हंसी की वर्षा होने लग पड़ी हो। नाटक की 'शकुन्तला' अब खाने की मेज़ पर 'शकुन्तला' नहीं थी, केवल

कपिला थी। परन्तु कपिला को महसूस हुआ कि आज की कपिला किसी शकुन्तला से कम नहीं। शकुन्तला ने अपना जो रूप कभी किसी एक दुष्यन्त की आंखों में देखा था, आज उसे वह कई आंखों में देख रही थी। और कपिला को ऐसा लगा, जैसे आज उसके कमरे में लोगों की भीड़ नहीं थी, आईनों का जमघट था और वह जिस भी आईने में देखती थी, उसे उसमें एक कपिला दिखाई देती थी। 'आज कितने लोग थे...कितने आईने थे... कितनी कपिलाएं थीं...

कपिला की बड़ी बहन भी आज अपनी ससुराल से आई हुई थी, अपने पति के साथ, अपने कर्नल के साथ। कर्नल अपनी वर्दी में बहुत ही सुन्दर दिखाई देता था और कपिला की बहन बड़े गरूर से सभी लोगों से अपने पति का परिचय करा रही थी।

मेज़ पर बहुत-से पकवान थे। किसी पकवान को गरी के साथ सजाया गया था, किसीपर चांदी के वर्क लगाए गए थे, किसीको मेवों से सजाया गया था तो किसीको गिरी-पिस्ते के साथ। मूलियों, टमाटरों, चुकन्दरों और अण्डों को नये-नये ढंगों से काटा गया था। लोग एक-एक ग्रास के साथ कपिला की माता की प्रशंसा करते थे और आज कपिला की माता का चेहरा बहुत चमक रहा था।

फिर कपिला को अपनी रूठी हुई दादी की याद आई और वह साथ के कमरे में जाकर अपनी दादी से ज़ोर से लिपट गई, "अम्मा, हम सबको पूजा का प्रसाद दो।..."

कुछ देर दादी के मुंह की रेखाओं में गुस्सा अटका रहा और फिर उसकी हंसी निकल गई। "इतनी चालाक मत बनो!" दादी ने कहा और वह प्रसाद की थाली उठाकर सबकी हथेलियों पर थोड़ा-थोड़ा पूजा का प्रसाद रखने लगी।

पता नहीं क्यों, कपिला के अन्दर एक टीस उठी, एक दर्द-सा पैदा हुआ और वह सिहर उठी—यह ज़िन्दगी नहीं, ज़िन्दगी की नकल है' यह पूर्ति

नहीं, पूर्ति की भ्रांति है।"

कपिला ने अपनी बहन की ओर देखा। उसकी बहन अपने पति की वर्दी की ओर देख रही थी।

कपिला ने अपनी मां की ओर देखा। उसकी मां मेज़ पर पड़े पकवानों की ओर देख रही थी।

कपिला ने अपनी दादी की ओर देखा। उसकी दादी अपने हाथ में पकड़ी हुई पूजा के प्रसाद वाली थाली को देख रही थी।

और कपिला ने सोचा, और मैं...मैं, शोहरत के चमकते मुंह की ओर देख रही हूं।

और कपिला का सिर नीचा हो गया।

मुस्कराहट का पंछी

सौली को लगा, जैसे आज उसके पैरों तले धरती बहुत मुलायम हो गई हो। बेवाई से फटी हुई अपनी एड़ियों पर जब उसने अपने शरीर का सारा बोझ डाला, तब भी उसको लगा, जैसे किसीने उसके पैरों तले हथेलियों-सा कुछ मुलायम-मुलायम रख दिया हो।

फिर उसको ख्याल आया कि कहीं आज वह रोज़ का रास्ता तो नहीं भूल गई थी-वह रास्ता, जो ऊंची-ऊंची इमारतों के पिछवाड़े से बल खाता हुआ चटाइयों से बुनी हई खोलियों की बस्ती की ओर जाता था, और जिसपर कंकड़-पत्थर और कांच के टुकड़े बिखरे हुए थे : नहीं, वह रास्ता भूली नहीं थी, क्योंकि सामने ताड़ के पत्तों की छत वाली उसकी खोली उसको दिखाई देने लगी थी। सौली के होंठ चिरकाल से एक खाली घोंसले की तरह थे, आज उसको लगा, जैसे मुस्कराहट का पंछी कहीं से उड़ता-उड़ता पाकर उसके होंठों के घोंसले में बैठ गया हो।

सौली ने अपनी खोली का दरवाजा खोला और भीतर घुसकर एक कोने में इस प्रकार खड़ी हो गई, जैसे यह खोली उसकी अपनी नहीं थी, और वह किसी अजनबी की खोली में आ गई थी। उसे जान पड़ा कि चाहे वह खोली उसकी अपनी थी या किसी और की, पर वह गलती से उस खोली में आई थी। वह जानबूझकर और सोच-समझकर उस खोली में

आई थी। और फिर उसको लगा कि आज वह उस खोली में न घरवालों की भांति आई थी और न मेहमानों की भांति।आज वह उस खोली में चोरों की तरह आई थी। और अब वह एक कोने में खड़ी, खोली की सब चीज़ों को इस प्रकार देख रही थी कि उनमें से उसके उठा ले जाने के लिए कौन-सी काम की चीज़ थी।

उसे जान पड़ा कि खोली के सामने के कोने में कोई चीज़ चमक रही है। उसने गौर से देखा। वहां दो आंखें उसकी ओर टुकर-टुकर देख रही थीं। सौली ने उन आंखों को पहचान लिया। वे दो आंखें उस मर्द की थी, जिसके साथ उसका ब्याह हला था। सौली ने अपनी आंखें उससे दूर न हटाईं, बल्कि घूरकर उन प्रांखों की ओर देखा, और कहा—"तुझे क्या हक है मेरी ओर इस प्रकार देखने का—तू, जिसने जीते जी मुझसे आंखें फेर लीं? मेरे पेट में तेरा बच्चा पल रहा था, जिस समय तू पड़ोसियों की एक जवान लड़की के साथ भाग गया था। तूने उस समय एक बार भी न सोचा कि मैं तेरे बाद किस तरह जिऊंगी, कहां से खाऊंगी, कहां से पहनूंगी, और तेरे बच्चे को कैसे पालूंगी?"

सौली की सांस सुलग उठी, और वह जल्दी-जल्दी कहने लगी, "पांच वर्ष मैं वे धोतियां पहनती रही हैं, जिनको मैं एक तरफ सीती थी, तो वे दूसरी तरफ से फट जाती थीं। तूने तब कभी मेरी ओर नहीं देखा। और आज, जब मैंने नई खड़-खड़ करती धोती पहनी है, तो तू मेरी ओर टुकर-टुकर देख रहा है!...और पांच वर्ष मैं वह टूटी हुई चप्पलें घसीटती रही हूं, जिनमें से मेरी एड़ियां बाहर निकली रहती थीं, और रास्ते के कंकड़ मेरे पैरों का इन्तज़ार करते रहते थे। और आज, जब मैंने रबड़ की नई चप्पलें पहनी हैं, जिनके कारण मुझे सारी ज़मीन कोमल लग रही है, तो तू मेरी ओर घूर-घूरकर देख रहा है! तुझे मेरी ओर ऐसे देखने का क्या हक है?"

सौली के होंठों पर बैठे हुए मुस्कराहट के पंछी ने इस प्रकार पंख

फड़फड़ाए, जैसे वह सामने के कोने में चमकती हुई दोनों आंखों पर झपट पड़ेगा।

फिर सौली ने अपनी आंखें उस कोने से हटा लीं, और खोली के दूसरे कोने की ओर देखा। उस कोने में भी सौली को लगा, जैसे कोई चीज़ चमक रही हो। सौली ने ध्यान से देखा, और वे आंखें पहचान लीं।

वे दोनों आंखें वर्षों पूर्व मर चके उसके बाप की आंखें थीं। सौली ने बड़े प्यार से उन आंखों की ओर देखा। और फिर वह नम्रता से कहने लगी—"बापू, मैरी ओर इस तरह न देख। मौत के पंजे ने जब तेरी गर्दन को पकड़ लिया था, तो तूने चुपचाप अपनी सांस तोड़ दी थी। तब तूने कोई विरोध कहां किया था? आज ज़िन्दगी के पंजे ने जब मेरी गर्दन को पकड़ लिया है, मैं भी चुपचाप अपनी सांस तोड़ रही हूं। तू क्यों नहीं समझता कि अगर कोई मौत के पंजे से नहीं छट सकता, तो ज़िन्दगी के पंजे से कैसे छुटेगा?... ज़िन्दगी का पंजा मौत के पंजे से भी ज्यादा मजबूत होता है, बापू!"

और सौली ने झटपट अपनी आंखें उस कोने से हटा लीं। और सौली को लगा कि उसके होंठों के घोंसले में मुस्कराहट का पंछी इस प्रकार पर मार रहा है, जैसे अभी-अभी कहीं उड़ जाएगा।

सौली ने खोली के तीसरे कोने की ओर देखा। और उसको लगा कि जैसे वहां भी कोई चीज़ चमक रही थी। सौली ने एक दीर्घ निःश्वास खींचा। उसने उस कोने में चमकती हुई अपनी मां की आंखें पहचान ली थीं—मां की आंखें, जिन्हें छ: महीने पहले उसने अपने हाथों से बन्द किया था।

जैसे हरएक के मुंह से मुसीबत के समय 'मां' निकल जाता है, सौली के मुंह से भी उसी प्रकार निकल गया—"मां!"

और फिर सौली के सारे शरीर में इस ममता वाले रिश्ते की एक

कंपकंपी छिड़ गई। इस कंपकंपी से सौली का मन रो पड़ा। वह कहने लगी—"मां, आज तू कैसे देख रही है मेरी ओर? तुझे तो अच्छी तरह मालूम है कि तू इत खोली में बैठकर मेरे बच्चे को खेलाती रहती थी, और मैं सारे दिन किसीके बर्तन मांजती थी, किसीका फर्श पोंछती थी, किसीके कपड़े धोती थी। फिर तू इस खोली से चली गई...इस दुनिया से चली गई। तब मैं अपने पुत्र को इस खोली में अकेले छोड़ जाती थी और सारे दिन किसीके बर्तन मांजती थी, किसीका फर्श पोंछती थी, किसीके कपड़े धोती थी। और जब सांझ को लौटती थी, तो मेरा पुत्र उलाहनों से घिरा बैठा होता था। वह लोगों की चीजें गायब करने लगा था, मां! उसे किसी दिन पक्का चोर बन जाना था, मां!"

सौली रोने लगी, और रोते-रोते कहने लगी—"वह सड़कों पर खड़ा होकर लोगों से पैसे मांगने लगा था। उसे उसे एक भिखारी बन जाना था, मां! ...मैंने और कुछ नहीं किया, बस उसकी जगह मैं खुद चोर बन गई, मां! और अब मैं उसको चोर नहीं बनने दूंगी। उसकी जगह मैं खुद भिखारिन बन गई हूं, मां! और अब मैं उसको भिखारी नहीं बनने दंगी।..."

सौली ने अपनी आंखें पोंछी, और वह शांत स्वर में कहने लगी—" आज मैंने उसको स्कूल में दाखिल करा दिया है, मां! अब मेरा बच्चा पढ़ेगा। आज मैंने उसकी कापी और स्लेट ले दी है, और साथ ही आज मैंने उसको बिस्कुट और केला ले दिया है। आज वह जब स्कूल से आएगा, तो वह सड़क पर लोगों से पैसे नहीं मांगने जाएगा। आज वह अपना सबक याद करेगा।

"और हां, सच मां, तुझे तो पता है कि कमेटी वाले हमें कितना तंग करते हैं। कई बार उन्होंने हमारी ये खोलियां गिरवा दीं। और जब वे गिरा-बिगाड़कर चले जाते थे, तो हम बेशर्मों की तरह फिर इन बांसों को गाड़कर अपनी खोलियां बना लेते थे। इस बार वे सबको चेतावनी दे गए हैं कि दीवाली के बाद वे हम सबकी खोलियां गिराकर हमारे बांस और चटाइयां

भी उठा ले जाएंगे।...और, मां, आज मैं यह अपनी खोली की चिता भी खत्म कर आई हूं। आज तो मैं सिर्फ इसमें से कुछ ज़रूरत की चीजें लेने आई हूं। साहब ने मुझे क्वार्टर दे दिया है।"

सौली ने क्षण-भर के लिए चुप होकर, मां की आंखों की ओर देखा और उसे लगा, जैसे उसकी मां अभी भी कुछ पूछ रही थी, सौली जल्दी से कहने लगी—"वही साहब, जिसने मुझे यह नई धोती दी है और यह रबड़ की नई चप्पलें, उसने मुझे पैसे भी दिए है, मां!"

और सौली को याद आया कि आज स्कूल की फीस देकर और अपने बेटे के लिए कापी, स्लेट, केले और बिस्कुट खरीदकर भी उसके पास पैसे बचे हुए थे। उसने अपनी धोती के छोर को टटोला। एक-एक रुपये के तीन नोट और कुछ रेज़गारी उसकी धोती के ठोंक में बंधी हुई थी। और फिर सौली को लगा, जैसे उसकी मां की आंखें पैसों की उस छोटी-सी गांठ को बड़े गौर से देख रही हों। और सौली जल्दी से कहने लगी—"मां, मुझे पता है कि तू दवा के अभाव में मर गई। वह अस्पताल, जो गरीबों से चवन्नी लेकर दवा देता है, वहां तो सारे दिन खड़े-खड़े बारी भी नहीं आती थी।...और दूसरे डाक्टर बहुत रुपये मांगते हैं।...तू कहती होगी कि 'आज तुझे पुत्र को स्कूल में दाखिल कराने के लिए पैसे मिल गए, तब तुझे मां के लिए दवा लाने के लिए क्यों पैसे नहीं मिले?' इस बात से मैं लज्जित हूं, मां!... अगर मैं तभी... तभी..."

सौली की आंखें पुनः भर आईं और वह मां से कहने लगी—"यह साहब तो तब भी यह बात कहता था; पर मुझे उसकी सांस से शराब की तेज़ बू आती थी, और यह बात भी मुझे उस बू जैसी बुरी लगती थी।...पर कल... कल मैं सांस रोककर शराब की सारी बू सह गई, और यह बात भी—यह बात भी सह गई।..."

खोली के तीनों कोनों से सौली ने मुंह फेर लिया। चौथे कोने में वह स्वयं

खड़ी हुई थी। आंसू बह-बहकर उसके होंठों को भिगोते जा रहे थे। उसने आंखें पोंछीं,फिर गाल पोंछे, और फिर होंठ पोंछे। और उसे लगा, जैसे उसके होंठों के घोंसले से मुस्कराहट का पंछी कहीं उड़ गया हो। सौली ने घबराकर खोली के दरवाज़े में से बाहर देखा। बाहर उसका बेटा हाथ में स्लेट और कापी लिए स्कूल से आ रहा था।

"मां!"

"हां, मेरे बेटे।"

"मैं पढ़कर आया हूं।"

"हां, मेरे लाल।"

"अब मैं रोज स्कूल जाया करूंगा।"

"हां, मेरे बच्चे।"

"मां, तू रोज़ बिस्कुट देगी?"

"हां, मेरे लाल।"

"केला भी?"

"हां।"

"अब मैं किसीकी चीज़ नहीं उड़ाऊंगा, मां, और किसीसे पैसा नहीं मांगूंगा।"

सौली ने देखा—बच्चे के होंठों पर मुस्कराहट का पंछी बैठा हुआ था। उसने डरकर, कांपकर आकाश की ओर हाथ जोड़े, 'हे भगवान, मेरे बच्चे के होंठों पर से मुस्कराहट का पंछी कभी न उड़े—हे भगवान, कभी न उड़े! ...'

□□□